月影楼恋愛譚

松幸かほ

illustration:
前田紅葉

prism
bunko

CONTENTS

月影楼恋愛譚

1

磨き抜かれた床と、漆塗りの柱。細かな細工の施された欄間に、贅沢の粋を凝らして作られた調度類。

庭はどの季節でも楽しむことができるように手入れがされており、およそ一般庶民の生活とはかけ離れた空間がそこにはあった。

月影楼《げつえいろう》——黒船が来航して半世紀余り。西洋文化の流入で男色が好ましく思われなくなり、次第に蔭間茶屋と呼ばれる施設は衰退していったが、月影楼は男娼を置いて商いをしている数少ない娼館の一つである。

まるで時代に逆行しているようでもあったが、需要はあった。また、各界の選ばれた人間のみが出入りを許される月影楼は、一種のステイタスでもあるらしく、夜ごと上流階級に属する人間たちが集ってきていた。

しかし、その月影楼も客を送り出した後は、静かだ。

朝まで相手をしていた男娼たちは部屋で眠り直し、それ以外の男娼たちも彼らに気を使って部屋で静かに過ごしている。

そんな屋敷の中で、朝から物音を立てないようにしながら働いている一人の少年がいた。年の頃は十七、八だろうか。小柄で細身の少年は、着物の袂をたすきがけで押さえ、慣れた様子で床を磨いていた。

「実里《みさと》、どこにいる？」

聞こえてきた声に、名前を呼ばれた少年は掃除の手を止め、声のした二階へと足を向けた。

二階は男娼たちの部屋がずらりと並んでいるが、その中でも一人部屋を与えられているのは、十数人の男娼を抱える月影楼でも片手に足りる人数しかいない。

声の主は、この娼館で一番の人気を誇る桔梗《ききょう》のものだった。

階段を上ると、桔梗は部屋の前に立ち、実里を待っていた。

実里よりも五つほど年上の桔梗だが、その美貌は成人した男のものとは思えないほど艶やかだった。

「桔梗さん、どうかなさいましたか？」

他の眠っている男娼たちを起こさないように、実里は小さな声で聞く。その実里に、桔梗も同じく囁くような声で言った。

「買い物を頼まれてほしいんだ。ここに書いてあるものを」

桔梗は手に持った小さな紙を実里へと渡す。

「分かりました。今日、行ってきますね」

「急ぎじゃないから、ついでがある時でいいよ」

桔梗たち男娼は館の外へ出ることは滅多に許されない。

ほとんどの男娼が借金を背負っていて、自由に外へ出られれば逃げる可能性があるからだ。

そのため、外での用事は実里が代わりにするのが常だった。

「他にご用はありますか？」

「ありがとう、でも今はもういいよ」

「じゃあ、買い物が終わったら、持ってきますね」

実里はそう言うと、渡された紙を大事に懐にしまい、階段を下りていった。

階下に戻り、実里は再び掃除を始める。

いつも最高の状態で客を出迎えるために掃除は念入りに行わなくてはならない。もちろん、下働きは実里だけではなく他にも数人の少年がいるのだが、それでもすべての部屋の掃除を終える時にはすっかり日が高くなっていた。

「実里さん、玄関の掃除終わりましたぁ」

他の下働きの少年が、庭先で洗濯物を干していた実里に報告にくる。

敷布などの大きくて毎日大量に出るものは、洗濯物を専門に扱う出入りの商人に任せるのだが、日々の小さな洗濯物などは実里たちの仕事だ。

「お疲れさま、じゃあ休憩してきていいよ」

実里がそう言うと、少年は嬉しそうに笑って廊下を戻っていく。

他の下働きの少年たちはみんな、実里よりも年下で一番下は十歳、さっき玄関の掃除が終わったと報告にきた彼は一番上で十五歳だ。

彼らは実里とは立場が違う。

今は下働きをしているが、いずれは月影楼で桔梗たちのように男娼として働くことになるのだ。

下働きの一番年長である少年は、近々、店に出ることになるだろう。

そのことは本人も覚悟しているだろうが、さっきの懐っこい笑顔を思い出すと、実里は複雑な気持ちになった。

「おやおや、そんな憂いのある表情で立っていると、まるで一幅の絵のようだな」

不意に聞こえた声に実里が振り返ると、庭に面した廊下に洋装の男が二人立っていた。

一人は紳士然とした一目で上流階級に属すると分かる人物で、もう一人は紳士という様子ではないが、きちんとした身なりだ。

「柳沢《やなぎさわ》男爵、いらしてたんですか」

実里は笑みを浮かべて、二人へと歩み寄りながら紳士にそう声をかける。

「ああ、大滝《おおたき》に頼み事をしに」

「まったく、おまえが来る時はかならず面倒を持ち込むと相場が決まってるな」

大滝と言われた男はそう言って肩を竦める。

柳沢と大滝はともに今年で四十の、学生時代からの親友同士だ。

「頼み事を？」

「そう。明日、外国の大切な友人を接待してほしくてね。その相手を桔梗くんにと頼みにきたんだ」

柳沢は貿易関係の仕事をしている。仕事柄、欧州へ行くことも多く、彼が異人を連れてくるのは決して珍しくなかった。

「桔梗は一番の売れっ子なんだぞ。それを簡単に」

「簡単じゃないと分かっているから、こうして頭を下げにきたんじゃないか。じゃあ、大滝、頼んだぞ」

柳沢はそう言い残し月影楼を後にした。

それをやれやれ、と言う様子で見送ってから、大滝は視線を実里へと向けた。

「実里、それで仕事は終わりか」

「はい。あ、お昼から、桔梗さんに頼まれた買い物に行ってきていいですか?」

実里のその言葉に、

「なら、今日は外へ昼飯を食いに連れていってやろう。おまえの好きなものをなんでも食べさせてやるぞ。その帰りに買い物を済ませればいいだろう」

大滝はそう言った。

「ありがとうございます」

「仕事が終わったら、出掛ける用意をして俺の部屋まで来い」

癖のない黒い絹糸のような実里の髪を軽く撫で、部屋へと戻っていく。

大滝は、この月影楼の主だ。

たった八歳で両親をはやり病で亡くした実里を引き取ってくれたのが大滝だった。

大滝にとって、実里の父親は親友であると同時に命の恩人でもある。その親友の忘れ形見が、親の葬儀の最中から親戚中に厄介者のような目で見られているのが耐えられず、引き取ると名乗り出たのだった。

それ以来、実里は大滝によって育てられてきた。

実の親が生きていればそうしただろうことは、すべて大滝が代わってして、実里は何不自由なく生活している。

ここでの下働きは、実里が自分から望んだことだった。

中学を出た後、大滝は実里を大学まで通わせるつもりでいたのだが、実里はそこまでは大滝の世話になれないと思っていたし、大学にまで通いたいと思うほど実は勉強熱心ではなかった。

だから、一日でも早く働きたいと思っていたのだ。

大滝はそんな実里の希望を聞き入れ、月影楼を手伝わせることにした。

今は主に下働きの仕事をさせているが、少しずつ経営に関係することも教え始めている。

ゆくゆくは実里にこの店を任せる心積もりをしているからだ。

もちろん、実里は大滝のそんな気持ちには気づいていない。

ただ純粋に大滝を手伝えることが嬉しいだけだ。

「好きなもの、か。何を食べさせてもらおうかな」

実里は洗濯物を干しに戻りながら、お昼に食べるものをいろいろと考え始めた。

翌日の夜、月影楼は客が重なったこともあり随分と忙しかった。下働きの少年たちも慌ただしく座敷を回って料理や酒を運んでいて、実里も例外ではなかった。

「実里、そっちの燗がもう仕上がるから桔梗の座敷へ運んでくれ」

厨房でも板前が造りを盛ったり、酒肴の準備に忙しくしており、通りがかった実里にそう言った。

「はい、分かりました」

実里はそう返事をして、湯の張った鍋の中にあるお銚子を引き上げた。

桔梗の座敷には今日は柳沢がいる。昨日話していた異人の客を連れてきたのだ。

実里は他の座敷に料理を運んでいたので、来た時のことを知らないのだが、出迎えた他の下働きの少年は、

『凄く背が高くて、格好よかったよ！』

と興奮気味に実里に話していた。

異人が来ることは、月影楼ではあまり珍しいことではなく、少年たちもそこそこ異人を見慣れているはずだ。

それなのにあんなに興奮した様子で言うのは、きっとかなり格好いいんだろう、と実里

は少し桔梗の座敷へ行くのが楽しみだった。

お銚子を載せたお盆を手に実里が向かったのは、月影楼でも一番豪奢な座敷だ。

その座敷の襖の前の廊下に実里はきちんと正座し、控えめに声をかけた。

「失礼します」

その声に中にいる桔梗が、どうぞ、と返してきて、実里はそっと襖を開けた。

「お酒をお持ちしました」

「ありがとう、こっちへ持ってきてくれる?」

鮮やかな緋色の襦袢《じゅばん》を纏った桔梗が美しい笑みを浮かべながら言う。

だが、実里の視線は桔梗の向かい側に座す異人の姿に釘付けになっていた。

――なんて綺麗な人なんだろう……。

小麦色の髪と、べっこう色の瞳。

本当に、『人』なのだろうかと思わせるほど、その顔立ちは精巧な彫刻のように整っていて、実里はその美貌に魂を抜かれたようになる。

そして、目の前の男も、実里をじっと見つめていた。

「実里、どうしたの?」

身動き一つできずに固まってしまった実里に、桔梗は柔らかな声で問う。

それに実里は、横に置いたお銚子の載ったお盆を手に、慌てて室内に入った。

実里の様子を異人がじっと見ているのが分かる。その視線に、心臓をどきどきとさせながら実里は桔梗の元へとお銚子を運んだ。

「お待たせしました」

「ありがとう」

実里にそう声をかけたのは、異人の隣に座した柳沢だった。

「実里くん、君にも一応紹介をしておこう。彼が昨日話していたイヴァン・サルトゥイコフ侯爵。ロシアの方だよ」

柳沢に紹介され、実里は座り直すと深々とお辞儀をした。

「初めまして、江坂《えさか》実里と申します」

そう挨拶をして顔を上げると、異人は少し笑みを浮かべ、

「こんばんは、実里」

日本語で返してきた。

日本語を話したのと笑みを浮かべた顔の美しさに、実里は驚きと感嘆に言葉を失ってしまう。

「サルトゥイコフ侯爵の日本語、とても上手でしょう？」

桔梗が言葉の出ない実里に声をかけ、それに実里は頷いた。

「私がお教えしたんだよ。短期間でここまでになるのは教師がよかったんだな」

柳沢は笑って言う。

だが、実里はどう言葉を返せばいいのかまったく分からなかった。

いつもはこんな風ではない。

客の相手をさせられたことはないが、こうして座敷に酒を運んだりしていれば声をかけられることもよくある。

それに適当に答える術は知っていたはずだった。

しかし、今はどんな言葉も頭の中から飛んでしまっていて、実里はただそこにいるしかできなかった。

「実里くん、君もたまには一杯どうだ？」

どうしていいか分からずにいる実里に、柳沢はそう言ってお銚子を手に持つ。だが、それはすぐに桔梗が止めた。

「男爵、いけませんよ。大滝さんとの大切なご友情にひびが入りかねません」

「まったく、あいつは実里くんのこととなると、冗談も通用しないからな」

楽しげに言った柳沢に桔梗は軽く頷いてから、視線を実里へと向けた。

「実里、今日は忙しいんでしょう？　もう下がっていいよ、ありがとう」

そう言われて、実里はようやく自分の取るべき行動が分かった。

「失礼します」

もう一度深々と頭を下げ、実里は空になったお銚子をお盆に載せて部屋を後にする。

廊下に出て襖を閉めたところで、実里は小さく息を吐いた。

いつもなら運び終われば、その場の空気を壊さないようにさりげなく部屋を出てくることができるのに、今日はまったくだめだった。

何をどうすればいいのか、すべてのことが頭の中から飛んでしまって、ばかみたいにその場に残ることしかできなかった。

――でも、本当に格好いい人だったな……。

イヴァンの姿を思い出し、改めてそう思う。

彫りの深い顔立ちのせいか、柳沢の客だから勝手に柳沢と同年代だろうと思っていた。

だが、彼は随分と若かった。

おそらく、三十歳になるかならないかくらいだろう。

座っていたから、背がどれほど高いのかまでは分からなかったが、あぐらを組んでいた足は随分と長かったような気がする。

「ロシアの侯爵様、か……」

実里が呟いた時、厨房の方から実里を呼ぶ声が聞こえた。

それに、実里は急いで厨房へと向かう。

まだまだ多忙な宵の口。

月影楼の華やかな夜はこれからが本番だ。

実里はその後も細々と働いたが、気が付けばイヴァンのことを思い出し、彼を見た他の少年たちと、格好いい人だね、と話をしていた。

◇◆◇

「実里さん、旦那様が応接室にいらっしゃるようにとお呼びです」

三日ほどが過ぎた日の昼過ぎ、掃除などの仕事を終えて部屋で本を読んでいた実里を下働きの少年が呼びにきた。

「大滝さんが？」

「はい。柳沢男爵もいらっしゃっていて、急ぐようにと」

「分かった、すぐに行くよ。ありがとう」

実里はそう返して、本に栞を挟むと部屋を後にした。

実里の部屋は、下働きの少年たちとは渡り廊下を挟んだ別棟にある。別棟には大滝の部屋もあり、そこは月影楼と同じ敷地にありながらまったく私的な空間だった。

実里は渡り廊下を通って、月影楼の一階にある応接室へと向かった。

応接室には大滝と柳沢が、それぞれ向かい合うようにしてソファーに腰を下ろしていた。基本的に和風建築の月影楼だが、応接室と大滝が仕事をする部屋だけは洋風で、雰囲気が違う。

「お呼びと伺ってきたのですが……」

実里が部屋に入っても、大滝はむっつりと難しい顔で腕組みをしたままだし、柳沢も困った様子でいるだけで、実里はどうしていいか分からなくて、そう言ってみた。

それに大滝は深いため息をつくと、空いている場所を指さした。

「そこに座りなさい」

その様子に実里は、何か自分がいけないことをしてしまったのだろうかと不安になりながら、言われるまま腰を下ろした。

——僕、何をしたかな……。男爵がいらっしゃるってことは、男爵に関係したことだと思うんだけれど……。

そう思った時、大滝が言った。

「実里、この前、こいつが外国の客を連れてきた時に座敷に行ったそうだな」

その言葉に実里ははっと息を呑む。

「……行きました。お酒を運ぶように言われて…」

そして、運んで行った先で、あまりに彼が格好よくて不躾にじろじろと見てしまったのだ。もしかすると、そのことで何か不都合が起きたのだろうかと実里の胸が不安でいっぱいになる。

「その時の客のことを覚えてるか?」

問い重ねられ、間違いなくそうだと確信する。

「お……覚えています」

きっと怒られる、と思ってビクビクしていると、柳沢が困った顔で笑いながら言った。

「実は、イヴァンが実里くんをとても気に入ってね。もう一度会いたいと言って聞かないんだよ」

「……あの侯爵様がですか?」

柳沢の言葉は意外でしかなく、実里は目を見開き問い返す。

「ああ。それで、無理は承知で一度座敷で相手をしてやってもらえないかと思って、頼みにきたんだが……」

「おまえ、何を言っているのか分かってるのか⁈　実里は他の連中とは違うんだぞ。そもそも光彦《みつひこ》の息子にそんなことをさせようなんて、よくも……」

柳沢の言葉を遮るように大滝が言った。

「分かってる、ちゃんと分かってるよ。実里くんが決してそういう人間ではないということくらい。おまえがどれほど実里くんを大切にしているかも分かってる。私にとっても、江坂さんの息子である実里くんは大切な子だよ」

「分かってて、よく言えたもんだな」

「私だって、できればこんな無理は言いたくはない。だが、イヴァンはロシアの皇族に連なる家柄の、とても大切な人なんだ。私の仕事上だけではなく、この先日本の外交上でも大切な人間になってくるかもしれない、そういう相手なんだ」

柳沢の言葉のスケールの大きさには、実里の想像さえ追いつかない。

ただ、とても大事で偉い人なのだということが分かるだけだ。

「もちろん、相手と言ってもお酌をして話をするだけでいいんだ。実里くんが客の相手をしないということは話してあるから、それで納得するはずだから」

柳沢は本当に困っている様子だった。

大滝もわざわざ実里を呼んだのは、自分だけでは断るのが不可能だからだ。

大滝は月影楼が上流階級に浸透したのは、顔が利く柳沢の存在があったからだということを充分理解している。

実里は、引き取り育ててくれた大滝には返し切れないほどの恩義を感じてもいるし、何かと気にかけてくれる柳沢にも同じく恩を感じていた。

「……別に、僕はかまいませんよ？」

少し間を置いて、実里はそう返事をした。

「実里！」

「実里くん……」

大滝は驚き咎めるように、柳沢は信じられないといった様子でそれぞれ実里を見た。

その二人の視線を見返しながら、実里は口を開く。

「お酌だけでいいんですよね？」

「もちろんだよ。もちろん、それだけでかまわない」

「実里、何を言ってるのか分かってるのか？」

柳沢は摑みかけた幸運を離さないように即答し、大滝は考え直せ、と言外に匂わせる。

だが、実里は小さく笑みを浮かべた。

「お酌だけでいいなら、お引き受けします。その、うまくできるかどうかは分かりませんけど」

「実里くん、ありがとう。助かるよ！」

喜びにぱぁっと顔を明るくする柳沢と、

「柳沢！　実里の優しさに付け込むな！」

と、なんとかして実里を座敷に出すまいとする大滝の攻防がしばらく続いたが、実里の心が決まっていては、大滝がどう言おうと勝敗は目に見えていた。

そんな二人の様子を見ながら、実里はこの前少しだけ見たイヴァンの姿を思い出す。

——あの人が僕に会いたいって言ってくれたんだ……。

あの夢みたいに綺麗な人が。

そう思うと、憧れにも似た感情がまた胸の奥から湧き起こっていっぱいになり、心臓がどきどきと大きく、そして速く鼓動を刻み始めた。

そのどきどきする胸の辺りをそっと手で押さえながら、まだなんだかんだと不満を漏らす大滝とそれを受け流す柳沢の様子を、実里はただ黙って見つめていた。

2

二日後、実里は朝からずっと気持ちが落ち着かなかった。

今日の夜、イヴァンが来るのだ。

イヴァンの綺麗な顔を何度も思い出して、昨日の夜もなかなか寝付けず、朝も起きてイヴァンのことを考えるとすぐにどきどきして、掃除の手が止まってしまっていた。

その様子を大滝に見られて、

「今ならまだ間に合うぞ。断れ」

とそう言われてしまった。

どうやら悩んで手が止まっているように見えたらしい。

大丈夫です、と笑顔で返してまた掃除を始めたのだが、気が付けば手が止まっている、ということの繰り返しで、今日は掃除を終えるのがいつもよりも遅くなってしまった。

それでも午後に引きずるほどではなく、昼食の時間にはすべての用事を終えて、午後からは庭の池で飼われている鯉に餌をやったりして時を過ごした。

「実里」

その実里を、不意に呼ぶ声がして、そちらを見ると二階の窓の辺りに桔梗がいた。

「桔梗さん、どうかしましたか？」

「時間があるなら、部屋へおいで」

「分かりました、伺います」

そう返事をすると、桔梗は笑みを浮かべて部屋の中へ姿を消す。実里は手に持った鯉の餌の残りを池の中にばらまいて、桔梗の部屋へと向かった。

桔梗の部屋は、他の男娼たちの部屋に比べると広い。他の部屋が鏡台と文机を置き、布団を一組敷いてしまうと足の踏み場がなくなるのに対して、桔梗の部屋は布団を二組敷いても充分な広さがあるのだ。

そういう部屋は、月影楼の中に後二つある。

それらは、桔梗に次いで人気のある男娼が使っているが、窓から見える景色が一番いいのはこの桔梗の部屋だ。

それに桔梗の部屋の布団は他の男娼とは比べ物にならないほど上質のものだし、調度類も格段にいいものが置いてある。

それらはみんな大滝の配慮で——いや、配慮もあるが、そうして他の男娼と差をつけることで、『頑張れば、桔梗のようになれる』と思わせるための策でもあった。

その部屋で、桔梗は杯とお銚子を置いて実里を待っていた。

「桔梗さん、お昼から召し上がっているんですか？」

男娼の中には昼から酒を飲む者もいる。多少ならいいと大滝からの許可も出ているので、特別に嫌なことがあった時や、いいことがあった時などに数人で嗜む者も多い。

だが、桔梗がお座敷以外で飲むことはかなり珍しい。

だから不思議に思って聞いたのだが、それに桔梗は薄く笑った。

「これ？　違うよ。中味はただの水だよ」

「お水？」

水をどうしてわざわざお銚子に入れて持ってきているのか疑問に思っていると、桔梗は、

「今日、お座敷に上がるんだろう？　柳沢男爵のお客様の相手で。少し、お酌の仕方を練習させてやってくれって、大滝さんに言われてね。そこにお座り」

そう言って自分の前の座布団を指さし、実里は促されるまま座った。

「失礼がない程度に覚えておくだけでいいよ。実里がお酌を完璧に覚えても、この先、使う機会なんてなさそうだからね」

桔梗は銚子を手にすると、実里に持ち方から注ぎ方、その量までを丁寧に教え始める。

その途中、部屋に大滝が顔を見せた。

「どうだ、稽古ははかどってるか?」

「ええ。もう、充分だと思いますよ」

桔梗がそう言うのに、大滝は実里に対して申し訳なさそうな顔をした。

「実里、本当にすまない」

「大滝さん……」

「おまえを座敷に出すために引き取ったわけじゃないのに……」

沈痛な、と表現するに相応しい顔の大滝に、実里は気に病んだ様子もなく言う。

「大袈裟ですよ。お酌だけなんですから、あまり気にしないで下さい」

実際、実里は今夜のことをまったく苦に思ってはいない。

あの綺麗な人に会えるのが楽しみでもあるのだ。

「おまえはそう言うが、光彦が生きていたらこんなことにはならなかっただろう。俺が引き取ったばっかりに……」

大滝のマイナス思考はどんどん加速していく様子で、それに実里は本当に大袈裟だと思う。

「大滝さんが僕を引き取って下さらなかったら、僕は路頭に迷ってましたよ。学校にも行けなかっただろうし。大丈夫です、そんなに心配しないで下さい」

しきりにすまない、申し訳ない、を繰り返す大滝に実里はそう言って笑った。

それが、大滝にはますます健気に見えたのか、またすまない、と繰り返す。

堂々巡りを見せそうな状況を断ち切ったのは、階下から大滝を呼ぶ下働きの少年の声だった。

「……本当に、心配性なんですから」

大滝が去った部屋で、多少呆れた様子で実里は呟くように言う。

それに桔梗は薄い苦笑を浮かべた。

「それだけ実里のことが心配で大切なんだよ。大滝さんにとっては、恩人の子供であるのと同時に、自分の子供みたいなところもあるんだろうし……」

「大滝さんの子供……。それは大滝さんが可哀想ですよ、まだ独身なのに」

「独身でも、年齢は実里の父君とそう変わらないんだろう?」

「父は大滝さんより、二つ年上だったんです。もともと同郷で、子供の頃に大滝さんが池で溺れたことがあって、父が助けたんだそうです。それをずっと大滝さんが恩に感じて下さっていて……。父の家はあまり裕福ではなかったので上の学校へ通うことは諦めていたらしいんですけれど、大滝さんが進学する時にお金は出すからぜひ一緒にって。それで一緒に東京に出てきて、そこで柳沢男爵とも知り合ったって」

初めて聞く話だったらしく、桔梗は少し驚いたような顔になる。

「へぇ、そうだったんだ。命の恩人で大切な親友の子供ってわけだ。それなら余計に実里のことが大事なはずだね」

「でも、やっぱり大袈裟ですよ。充分よくしてもらってるのに」

両親と過ごした記憶は、あまりない。

大滝が写真を見せてくれるので、父親の顔は思い出せるというか分かるが、写真のない母親の顔はおぼろげにしか思い出せない。

記憶のほとんどは大滝とのものだ。

忙しい合間を縫って、大滝は本当に実里によくしてくれている。

だから、ちょっとでも大滝の手助けをすることができるのなら、その方が嬉しかった。

その後、もうしばらくの間、お酌の仕方や客の迎え方のおさらいをして、実里は桔梗の部屋を後にした。

秋の夕暮れはくるのが早い。

外は物悲しい夕焼けに染まりつつあった。

美しく調えられた座敷は火鉢で暖められ、そこで実里はぽつんと座ってイヴァンの来るのを待っていた。

◇◆◇

今日は座敷に上がるのだから、と男娼たちと同じ時刻に実里も湯を使った。

その後、着替えも済ませたが、纏ったのは他の男娼たちのような緋襦袢ではなく、白地に薄い青い線の入った新しい着物だ。

実里は客の相手をする人間ではないのだから緋襦袢を着る必要はない、と大滝が準備してくれたものだ。

早い時間に湯を使い、新しい着物を纏って、一人で座敷にいると、何もかもがいつもと違っていて落ち着かない。

他の座敷には客がすでに入っているらしく、時折にぎやかな声が響いてきた。

その声さえ、実里の緊張を高めるようで、余計に落ち着かない。

「えーっとお銚子は右手で上を持って、左手を下に添えて……」

桔梗に教えられたことを思い出して、繰り返す。桔梗は座敷に上がる前にも実里に声をかけにきてくれて、何度も大丈夫？　と心配してくれていた。

——桔梗さんも、大滝さんに負けないくらい心配性だよね。

だが、それだけ自分のことを気にかけてくれているのだと思い嬉しくなる。そう思った時、廊下から人が近づいてくる音が聞こえた。

その足音は座敷の前で止まり、実里の心臓がドキリと一つ大きく跳ねる。

「実里さん、お客様がいらっしゃいました」

案内役の男衆の声がして、実里はさらに心臓をどきどきさせながら、はい、と答えた。

すぐに襖が開き、座した案内役の向こうに、立っているイヴァンの姿が見えた。

イヴァンは実里の顔を見ると、嬉しそうに笑みを浮かべ、それに実里は慌ててお辞儀をする。

「いらっしゃいませ。お待ちしておりました」

たったそれだけの言葉なのに声が震えた。

お辞儀をしたままでいるうちに、イヴァンが室内に足を踏み入れる気配がし、案内役がすぐに料理をお持ちします、と言って下がる。

慌てて実里は顔を上げた。その途端、イヴァンと視線が合って、どうしていいか分からなくなってしまう。

「えっと……あの、こ、こんばんは」

「こんばんは、実里」

じっと自分を見つめ返してくるイヴァンに、実里はどきどきしながら立ち上がると必死に頭を働かせた。

――えっと、桔梗さんはなんて言ってたっけ。確か……。

昼間、桔梗から聞いたことを必死で思い出す。

「あ、そうだ。あの、上着をお預かりします」

すでに外套は玄関で預けてきているが、上着は着たままだ。

イヴァンは薄く笑いながら上着を脱ぐと、実里に渡す。そして実里は渡された上着を慣れない様子で衣紋掛《えもんかけ》にかけた。

その後は自分の向かいに用意した場所に座ってもらって、改めて挨拶をして、お酌をしながらいろいろと話をしたりするのだが、実里は座った時にはもういっぱいいっぱいになっていた。

なぜなら、イヴァンがずっと実里を見つめているからだ。

あまりにイヴァンが綺麗過ぎて、実里は長く彼を見ていることができない。見ていると心臓が破裂してしまうんじゃないかと、そう思えるほどなのだ。

だから自然と視線を避けるようになってしまう。

そんな不自然な状況を打破してくれたのは、運ばれてきた酒や料理だった。

実里の頭の中には、もはや『お酌』しかない。

下働きの少年たちが部屋を後にすると、実里はすぐにお銚子を手に取った。

「ど、うぞ……」

変に喉に声が引っかかって、掠れたようになる。イヴァンは優しく笑って、杯を手にした。

イヴァンが見ていると思うと、桔梗とあんなに練習したのに手が震えて、杯の縁にお銚子が当たりカチカチと音を立ててしまう。

それでもなんとか注ぎ終えて——でも注ぎ終えるとまたすることがなくなって、どうしていいか分からなくなった。

「……異人は怖いか？」

酒を一口飲んで、イヴァンが実里にそう聞いた。それに実里は弾かれたように顔を上げ、イヴァンを見る。

真っすぐに自分を見ているイヴァンの瞳に、心臓が飛び出してしまいそうになりながら、実里は頭を横に振る。

「いえ……怖いわけじゃありません……」

「じゃあ、私が怖いか？　嫌か？」

「いえ！」

決してそうじゃない、と実里は頭をさっきよりも強く横に振った。

「だが、どう見ても避けられている気がするんだが……無理を言ったせいか？」

問い重ねてくるイヴァンに、実里は目を泳がせて、どうしようかと悩んだ後で口を開いた。

「異人の方は、よくいらっしゃるし……町でもよくお見かけしますから、怖いと思ったりはしません。ただ、侯爵様は……」

そこまで言って、実里はこの続きを言葉にしていいものかどうか、悩む。

「私は、なんなんだ？」

続きを促され、実里は言葉にする不躾さと、自分がそう思っていることを知られてしまう恥ずかしさに胸をどきどきさせながら、口を開いた。

「侯爵様は、今までにお会いしたどの方よりもお綺麗だから、その……この前もびっくりしたほどで、それでじっと見てしまって。でも、あまりじろじろと見るのも失礼だし、だから……」

もっと言いようがあるだろうに、出てきた言葉は自分でも支離滅裂だ。

これではいくら日本語ができるイヴァンでも、何を言っているのか分からないだろう。だが、これ以上口を開くともっとわけの分からないことを言ってしまいそうで、実里はまた俯いて、唇をきゅっと引き結んだ。

イヴァンはクスリと笑うと、

「そうなのか。てっきり、今夜のことを無理に頼んだから嫌な奴だと思われているのかと思ったよ」

そう言って杯の酒を一度干し、言葉を続ける。

「実里、この顔でよければいくら見てくれてもかまわない。見慣れるまで見てくれ。そうじゃないと、実里と向き合って話すこともできないだろう?」

そんな風に言われても、実里はどうしていいか分からなかった。ただ俯いていると、イヴァンは料理の載った膳を横によけ、実里の方へと近づいて、頬を両手で挟んで強引に上を向かせる。

「ほら、目を開けて」

上を向かされるのと同時にぎゅっと目を閉じてしまった実里に、苦笑しながらイヴァンは言った。

それに実里は恐る恐るという様子で目を開ける。

目を開けると、信じられないくらい近くにイヴァンの綺麗な顔があって、心臓がびっくりするほどの速さで鼓動を打ち始めた。

だが、もう目を逸らすこともできなくて、イヴァンの顔をじっと見てしまう。

——なんて綺麗な人なんだろう……。

間近で見ても、その思いはまったく変わらなかった。

透き通ったべっこう色の瞳に、真っすぐに通った細い鼻梁、形のいい唇。肌はとても白くて——日本人の象牙のような白さではなくて、青みがかったような白さだ。

——あ……左目の下……傷？

間近でその場所を凝視して、ようやく分かるようなほんの小さな跡があるのに実里は気づいた。

「侯爵様、目の下に……何か…」

イヴァンはもう手を離しても実里が目を逸らさないと確信したのか、頬に添えた手を離し、実里が見つけた跡に指先で触れた。

「これのことか？」

「はい」

「よく気づいたな。私でさえ普段は忘れているのに。……子供の頃に怪我をした跡だ」

「怪我？　そんな場所を？」

左目の下の目尻近く、目の本当にギリギリ下、というくらいの場所だ。

「ああ。弟とソリで遊んでいた時だ。弟は初めてのソリで興奮していて、体を大きく動かして……その勢いでソリが横転したんだ。私は咄嗟に弟を抱きかかえて茂みに頭から突っ込んで、その時に木の枝で」

イヴァンの話に、実里はまるで自分が怪我をしたかのように顔を顰めた。

「もう少しで、目が……。痛かったでしょう？」

実里の言葉にイヴァンは笑う。

「多分、痛かったと思うよ。今でも跡が残るくらいだからね。でも、腕に抱いていた弟の方がわんわん泣き出して、そのことに動転して、自分の怪我どころじゃなかったな。もっとも弟は無傷で済んだんだが」

イヴァンはそこまで言って、脇によけたお膳の上の杯を手に持った。

「頼めるかな」

それに実里は慌ててお銚子を持つと、もう一度酒を注ぐ。手の震えはおさまっていて、今度はちゃんと注ぐことができた。

注がれた酒を口にするイヴァンの指には紅い宝石のついた指輪があった。

――大きい宝石だな……。

じっと見ていると、視線に気づいたイヴァンがその手をそっと実里の方へと差し出した。

「ルビーだ」

「るびぃ……凄く綺麗ですね」

キラキラと光る深い紅色の宝石はとても綺麗だった。

「ルビーの中でもピジョン・ブラッドという、最高級と呼ばれる色のものだ」

「ぴじょん……？」

聞き馴れないカタカナ言葉に実里は首を傾げる。

「鳩の血の色、という意味だ」

「鳩の？」

頭の中に、公園でぽっぽ、と鳴きながら地面をつついている鳩の姿が浮かんだが、その血の色だと思った途端、鳩が撃たれて死んでしまった。

その光景に実里は眉を寄せる。

「そんな悲しそうな顔をしないでくれ」

苦笑するイヴァンに、実里は慌てて頭を横に振って、鳩の想像をかき消した。

「とても綺麗な宝石なのに、鳩さんが可哀想な名前なんですね」

「鳩が可哀想？　可愛いことを言うんだな」

イヴァンは実里の頭を軽く撫で、そのまま問いかける。

「実里は幾つなんだ？」

「十七です」

「十七か。ここには、何歳から？」

「八歳の時に両親が亡くなって、父の友達だった大滝さんが引き取って育てて下さったんです」

「八歳で……」

イヴァンがどこか悲しげに見える瞳で実里を見つめたので、それに実里は慌てて言葉を添えた。

「とてもよくしていただいているんですよ。お店のみんなも、優しくしてくれてますし」

「それは、君がいい子だからだろうな」

イヴァンはそう言って笑った。

その笑顔がとても綺麗で、実里はまたじっとイヴァンの顔を見つめてしまう。

それにイヴァンは笑みを深くした。

「この顔のおかげで、社交界のご婦人方に名前を一番に覚えてもらったり、いろいろと得はしてきたと思うが、今ほどこの顔に生まれてきたことを喜ばしく思ったことはないな。君に、そんなに見つめてもらえるんだから」

その言葉で、実里はまた自分がイヴァンに見惚れてしまっていたことに気づく。

「す、すみません……っ」

「いや、いくらでも見てくれ」

そういうイヴァンはとても機嫌がよさそうだった。

イヴァンはとにかく優しくて、その優しさに実里も自分を取り戻し、不慣れながらもお酌をしたり話をしたりして時間を過ごした。

もっとも話は主にイヴァンがしていた。

イヴァンは数年前から戦禍を避けながら欧州のさまざまな国を旅しているらしく、いろいろな話を聞かせてくれる。

それは実里には夢物語のようで、ついつい聞き入ってしまうのだ。

「じゃあ、イギリスで柳沢男爵とお会いになったんですか」

「そう、その後、フランス、ドイツと一緒に旅をして……ああ、もう空《から》だな」

イヴァンは手にしたお銚子を逆さまにして笑う。

すっかり聞き入ってしまっていた実里はお酌を忘れてしまっていて、途中からイヴァンの手酌になっていてもまったく気づかなかった。

「あ、すみません。すぐにおかわりを……」

慌てて実里が立ち上がろうとするのをイヴァンは止める。

「いや、いい。もう充分飲んだ」

そう言ってくれたのだが、話を聞いているだけだった自分を実里は反省する。

「ごめんなさい……その、慣れてなくて、何もできなくて」

あやまる実里に、イヴァンは優しく笑った。

「あやまることはない。私は、実里がこうして私と会って話し相手をしてくれるだけでも嬉しいよ」

「侯爵様」

イヴァンの優しさに、実里は嬉しくなる。

本当に、自分は何もできていないと思うのだ。最初は緊張して顔も見られなかったし、顔を見たら見たで見惚れてしまっている。お酌も忘れて、話も聞いてばかりだ。

それでもイヴァンはいいと、言ってくれるのだ。

今まで異人と会ったことは何度もある。

町でもよく見かけるし、店に来る異人とは話したこともある。

けれど、みんなどこか威張っていた。

なのに、イヴァンは違う。

異人でそのうえ貴族なのに、とても優しいのだ。

「あの、何か他に欲しいものとか、ありませんか？　お酒じゃなくて、お茶とか、お料理とか。あと……えっと……」

何かイヴァンにしたいと、純粋にそう思って実里は問う。

その様子にイヴァンは笑みを深くして、そっと実里の方へと身を乗り出した。

べっこう色の瞳が間近に見えたと思った時には、実里はイヴァンにくちづけられていた。

唇は、軽く重ねられただけだった。

だが、その後、唇をそっと舐められて、ようやく実里は自分が今されたことに気づいて、まるで飛びのくように体を引いた。

「こ……侯爵様……!?」

びっくりして、声が裏返ってしまう。

イヴァンはそっと近づいてそこに座り直した。

「驚かせたようだな」

「は、はい……」

いや、驚いたどころではない。

実里にとっては初めてのくちづけだった。

『初めて人とくちづけをしてしまった』という事実に驚きすぎて、実里は目を何度もしばたたかせた。

実里のその様子に、イヴァンは可愛くて仕方がないというような表情を見せる。

「この前、初めて君を見た時になんて可愛い人なんだと思った。君はすぐに部屋を後にしてしまったのに、あの後もずっと君のことが頭から離れなかった。だから柳沢男爵に頼んだんだ。君に会いたいって。最初は、簡単にだめだと言われたよ。君は客の相手はしないって」

イヴァンは自嘲めいた笑みを浮かべ、そして続けた。

「しつこく何度も頼んで、ようやく大滝に聞いてみると言ってもらえた。君が承諾してくれたと聞いた時には本当に嬉しかった。嬉しかったのと同時に、少し怖いような気もした」

「怖い……ですか?」

「実里のことは顔しか知らない。その顔はとても可愛くて、私はそれだけで虜になってしまったほどだが、もし話してみて私が思うような相手ではなかったら、悲しいだろう?」

そう言われて、実里は不安になった。

イヴァンみたいに綺麗な人から見たら、自分の顔なんかたいしたことはないはずなのに褒めてもらえて、それはそれで面はゆかったが嬉しかった。けれど、自分の内面を見てがっかりしたと言われたら、きっと顔が可愛くないと言われる以上に堪える。

だが、イヴァンにちゃんとした接待をできなかった自分を思うと、がっかりされても仕方がないとも思う。

そんな風に一瞬で考えて、悪い想像ばかりしてしまう実里の頬に、イヴァンはそっと手を伸ばし優しく触れた。

「でも、今日会って、こうして話をして、心配をしていたのがまるでばかみたいに思えた。実里のように可愛くて素敵な子には今まで会ったことがない」

「侯爵様」

「どうか、私のものになってくれないか?」

もう片方の手で実里の腕を捕らえると、イヴァンはそのまま実里を抱き寄せる。

イヴァンの腕に抱かれる形になった実里は、自分の身に起きていることに気づいた。

さっき、くちづけられた時に実里の頭は混乱を来していて、今までのイヴァンの話の真意には気づいていなかった。

イヴァンが自分を口説いている、ということに、ここに至ってようやく気づいたのだ。

「あ、あの……僕は、その、お酌だけだって聞いていて……」

そう、お酌と話し相手だけでいいと、言われていた。だが、

――私だって、できればこんな無理は言いたくはない――

――実里、本当にすまない――

脳裏に柳沢と大滝の困り果てた様子が蘇った。

二人とも、特に大滝はどうしてそんなに申し訳なさそうなのだろうと思うほどしきりにすまないとそう言っていた。

それに、桔梗もとても気にかけてくれていた。

つまりそれは、言外にこういうことになるかもしれないが承諾してくれ、という意味があったのかもしれない。

そう思えば、みんなの言動に納得がいく。

――でも、僕は……そういう相手はしたことがないし…。

月影楼という男娼館で働いていて、男娼たちと間近で接しているからそういう嗜好に特別な嫌悪感は持ってはいないが、それでも自分がその立場になるとなれば話は違う。

そうは思うが、柳沢はイヴァンをとても大切な客だと言っていた。

その柳沢は大滝にとって大切な友達だし、実里はその二人に恩義がある。

「実里、私のことが嫌いか?」

黙ってしまった実里に、イヴァンが優しい声で問いかけた。

それに実里は急いで頭を横に振る。

「い、いえ、嫌いじゃありません……」

その言葉に嘘はない。

こんなに奇跡みたいに綺麗で優しい人を、嫌いな人なんかきっといない。

「僕、は……そういうことをしたことがなくて、……侯爵様が思うような、そんな風にはできないと思いますけど、それでよろしければ……」

大滝と柳沢への恩義と、自分のイヴァンへの気持ち。

その両方で、実里はそう答えていた。

イヴァンはとても嬉しそうに笑み、抱き寄せた実里にゆっくりと顔を近づけ、くちづける。

二度目のくちづけは、さっきのような触れるだけのものではなかった。

唇の透き間から入り込んできた舌がそっと歯に触れる。

だが実里はどうすればいいのか分からなくて、そのままじっとすることしかできなかった。

やがてゆっくりと唇は離れたが、吐息が触れるほどの場所で、イヴァンは言った。

「少し口を開いて……、目は閉じていいから」

「口を……」

「そのくらいでいい。目は閉じて」

実里は言われるまま、目を閉じる。すぐにまた唇が重ねられ、今度は開いた歯の間から舌が差し入れられた。

イヴァンの舌が、自分の舌へと絡められる。

唇を触れ合わせるだけのくちづけでさえ初めてだった実里にとって、イヴァンが施す深いくちづけはまったく未知のものだ。

されるがままになるしかなくて思うさまに口腔を愛撫され、唇が離れた時には実里の体からは力が抜けてしまっていて、イヴァンの胸にもたれかかってなんとか体を起こしている、という様子だった。

そんな実里にイヴァンは優しい笑みを浮かべながら、手を着物の胸の合わせからそっと中へと忍び込ませた。

素肌にじかに触れる手の感触に、実里の体に寒気に似た何かが走る。そして指先が胸の

尖りを捕らえた時、実里はとっさにイヴァンの手を摑んで止めた。

「実里……？」

「ここで……、その…するんですか？」

戸惑うような声で問う実里に、イヴァンは首を傾げる。

「別の部屋があるのか？」

「……多分、襖の向こうの部屋に…お布団の準備が」

すべての座敷は二間続きで、大きな宴の時には間の襖を取り去って一間として使うが、たいていの場合、もう一つの部屋には床の準備がされている。

そういうことのためでもあるし、客が酔い潰れてしまった時のためでもあるので、多分今夜も隣の間には床が準備されているはずだ。

「隣の部屋、だな？」

確認するように問われ、実里はそっと頷く。イヴァンは一度実里から離れ、立ち上がって襖を開けた。

襖の開く音に実里もそちらに目をやると、ほの暗い室内でも鮮やかな朱色の布団が目に入った。

それは、仕事として準備する時に見慣れたものであるはずなのに、その朱色に心臓が大きく跳ねる。

「なるほどな……」

振り向いたイヴァンと、一瞬目が合った。それに慌てて実里は顔を逸らした。

恥ずかしくて仕方がない、といった様子なのが、イヴァンの中にある実里への情欲を煽る。

イヴァンは深い笑みを浮かべながら、実里の元へと戻った。

「おいで」

そう言って差し出されたイヴァンの手を借り、実里は立ち上がる。だが、立ち上がった実里を、イヴァンは軽々と抱き上げた。

「わ……」

「じっとして、落としたりしないように」

驚いた声を出した実里に、イヴァンはそう言って動きを封じ隣の間へと運んだ。

布団の上に優しく横たえられたが、実里はどうしていいか分からなくて、固まったままでイヴァンをじっと見る。

その眼差しに、イヴァンはふっと目元を細めると、実里の額にわざと音を立ててくちづけた。

「おとなしく、待っていて」

そう言うと、一度実里から離れる。どこへ行くのだろうかとイヴァンを視線で追うと、イヴァンはそっと襖を閉めた。

入ってくる明かりがなくなり、室内を照らすのは枕元にある行灯《あんどん》を模したランプの明かりだけになる。

ランプの明かりだけでは部屋全体を照らすことなどできず、部屋の隅は闇だ。その闇の中から、ゆっくりと淫靡な気配が生まれて室内を満たしていくような、そんな気がした。

「実里、怖いのか？」

ゆっくりと近づいてきたイヴァンが、傍らに膝をつき、実里の顔をのぞき込むようにして問う。

それに実里は小さく頷いた。

「少し」

「私が、怖いのか？」

「いえ……。ただ、僕は誰ともこういうことをしたことがなくて…その、お話しだけなら少しくらいは聞いたりしたことはあるんですけど……」

客の相手をしたことがないとは言っても、月影楼で男娼たちを間近にして育ってきたのだから、何が行われるのかくらいは漏れ聞く機会はある。

だが、今から自分の身に同じことが起きると思っても、想像ができなくて、想像ができない分、そこから恐れが生まれた。

「なんの自慢にもならないが、幸い私はこの種類の経験がある。実里に怖い思いをさせなくて済む方法も知っている。だから、私を信じて任せてくれ」

イヴァンの言葉に、実里は少し震える声で、はい、と返す。その後は、イヴァンの言うとおりにすべてを任せるしかなかった。

イヴァンの手が帯に伸び、貝の口に結んでいただけの帯は簡単に解かれて、あっという間に着物がはだけられる。

いくら炭で室内を暖めてあるといっても、素肌に触れるには冷たい空気に、実里は小さく震えた。

「寒いか?」

「大丈夫です……」

寒くても、それはイヴァンのせいではない。大丈夫、と口にした実里を、慈しむようにイヴァンは見つめた。

「すぐに、温かくしてやる」

そう言うと、イヴァンはそっと実里にくちづける。ついばむようなくちづけを繰り返しながら手をそっと実里の薄い胸へと伸ばすと、先程いたずらをしかけた尖りを指先で捕らえた。

「ん……っ」

丸く円を書くようにしながら触れてくる指先がもたらす感触は、くすぐったさにとても似ていたが、それだけではない別の感覚がある。

それがなんなのか分からずにいると、刺激を受けてプツリと尖った乳首を爪で引っかくようにされた。

その瞬間、

「あ……っ…」

実里の唇から甘い声が漏れ、その声にイヴァンの指先がさらに強い愛撫を施す。

「ぁあ……っ…あ、あ」

「気持ちがいい?」

「…な…んだか、ぞくぞくって…ぁ、あ、あ……っ」

実里に返事を求めておきながら、問うたイヴァンの唇はもう片方の胸へと向かい、反対側へと施される愛撫に反応しかけていた尖りを舌で舐め上げた。

「ふ……っ…ぁ、あ、あっ」

まだ感じる、というほどの感覚ではなかったが、男女の間で実際にされることについてなどまったく知らない実里にとっては、身に起きている事実だけで頭の中がいっぱいになってしまう。

「……っ…あ、あ、噛まないで…くださ……っ」

甘く歯を立てられて実里が震える声で言うと、イヴァンはまるであやすように舌先で舐るのだ。

そうされると、肌の上をぞわっと寒気に似たものが走って、体の深い場所で何かが反応してしまう。

それがなんなのか、まだ実里には分からなかったのだが、イヴァンのもう片方の手がゆっくりと肌をたどりながら下肢へと伸び、下着越しに実里自身に触れた瞬間、実里は己が反応しかかっていることに初めて気づいた。

「や……っ！　だめ、やだ、や…っ」

イヴァンの手が淫らに蠢いて、実里自身は急速に熱を帯びる。

「だめ……侯爵様、待っ……あ、あ」

あまりにいやらしい指の動きに実里は羞恥を募らせ、せめて少し待ってほしいと願うのに、イヴァンはそんな実里の願いを聞き入れはしなかった。

自身を嬲る指の動きはそのままで、もう片方の指で捕らえた乳首を押し潰すようにしながら、反対側は強く吸い上げる。

途端、走り抜けた悦楽に、実里は体中を震わせた。

「ひゃ……っ…う、あ、ああっ」

不意に、自身を包み込んでいる下着の布地がぬるりと滑って、実里は自身から先走りの蜜が溢れたのを悟った。

「侯爵…様……待って……お願いですから……」

恥ずかしくて、実里は必死で頼み込む。だが、待ったところで無意味だと知っているイヴァンは、実里の願いを黙殺した。

強くなる愛撫に実里自身から溢れる蜜はさらに増え、窮屈な布地を押し上げる実里自身をイヴァンは握り込むようにして扱く。そのたびにグジュグジュと濡れた音が響いて、その音に実里はいたたまれない気分になった。

「だめ……侯爵様…だめ……」

繰り返される拒絶の声は甘く蕩けて、まるでうわ言のように無意味でしかない。

イヴァンの手はさらに淫らさを増して、屹立した実里自身の蜜を零す先端の割れ目に、まるで布地を食い込ませるように指を押し当てて擦り立てた。

「や……っ……だめ、や、あ、あっ」

一番弱い場所を、ざらつく布地で擦られて駆け抜けた刺激に、実里は堪え切れず暴発するように蜜を放つ。

ビクビクと震えながら蜜を溢れさせる実里自身を煽るように、イヴァンは両方の乳首へと強い愛撫を与えた。

「あ……っ…ぁ、あ、あ……」

それに反応して、実里は腰を悶えさせながらトロトロと蜜を零す。

下着の中に放った蜜が溢れてじっとりと濡れた感触が広がっていくのが酷く恥ずかしかったが、実里にはどうすることもできなかった。

達した後の脱力感に体を弛緩させた実里から、イヴァンはゆっくりと顔を上げる。

閉じた目元を赤く染め、薄く開いた唇から荒い呼吸を繰り返す実里の様子は、無垢さと妖艶さという相反するものが入り交じり、なんとも言えない色香が漂っていた。

その様子をイヴァンは目を細めて堪能すると、実里の下着へと手をかける。そして、一気に引き下ろした。

「ぁ……」

戸惑いの声を漏らし、実里が薄く目を開く。

そして自分の濡れた下肢があらわにされたのに気づいて、慌てて手で隠そうとしたが、その手は簡単にイヴァンに掴まれてしまった。

「侯…爵、様……」

羞恥に眉を寄せる実里にイヴァンは淫靡な笑みを浮かべ、ことさら優しい声で言った。

「恥ずかしがらなくていいから、すべてを見せてくれ」

そう言われると、実里にはもうどうにもできなくなってしまう。

捕らえた手から力がなくなったのを感じると、イヴァンは手を離した。

そして引き下ろしただけの下着を実里の足から引き抜いて、足を掴むと大きく開かせる。

「……っ………!」

すべてを晒す姿勢に、実里は恥ずかしさから両手で顔を覆った。

羞恥を堪えるようにきつく嚙み締められた唇にイヴァンはそっと顔を寄せ、その唇を舐めながら、手を実里自身へと伸ばす。

己が吐き出した蜜に塗れた実里自身は萎えてはいたが、まだ敏感なままだ。イヴァンの手に優しく包み込まれただけで、自身の中に残った蜜をトロリと溢れさせた。

それにイヴァンは強く実里自身を扱き、残滓をすべて絞り取る。

「……あ、あ…」

か細く震える声を漏らす実里に、宥めるようなくちづけを送り、イヴァンは濡れた指をそっと後ろへと滑らせた。

そして小さく窄んでいる蕾に、押し当てる。

「侯爵……ぁ、あっ」

絶頂の余韻に弛緩していた体の中へ、押し当てられた指はすんなりと入り込んできた。

「あ……ぁ、あ」

決して痛みがあるわけではなかったが、自分で触れたこともない体の中に他人の指を受け入れるということへの恐怖に、実里は声を漏らす。

「大丈夫……傷つけたりはしない。私を信じて」

イヴァンの言葉に実里は眉を寄せながらも頷いた。

イヴァンは言葉どおり、根元まで指を含ませた後は実里が慣れるのを待つつもりらしく、決して動かそうとはしない。

だが、異物感のせいで実里の眉は寄ったままで、イヴァンは萎えていた実里自身をもう片方の手で捕らえると、おもむろにそれを口に含んだ。

「……何…?」

不意に自身を包み込んだ温かく濡れた感触に実里は薄く目を開き、そしてその光景に絶句した。

「……っ！　……ゃ…やだっ、侯爵様、だめ、そんなこと、だめですっ」

イヴァンが、あんなものを口にしているなんて信じられない。

あんな汚いものを、イヴァンの綺麗な口が、と思うだけで羞恥といたたまれなさが湧き起こり、実里はイヴァンに離してくれるよう懇願した。

「だめ……侯爵様、だめです……、ぉ願……っ…です、から……」

しかし、イヴァンは実里の願いを聞き入れてくれることなどなく、むしろ追い詰めるように口腔に捕らえた実里を愛撫する。

甘く歯を立てて擦り上げて、先端を舐め回し、そして割れ目を尖らせた舌先で暴くように強くつつく。

何もかもが初めての実里にとっては、口で愛撫されているというだけでも耐えらないほどなのに、そんな風にされるともうどうすることもできなかった。

気持ちがよくて仕方がなくて、実里は再び自身から蜜を零し始める。

それに気が付いたのは、溢れ出した蜜を嚥下するイヴァンの口腔の動きでだった。

「侯、爵……様……、だめ……そんなの、汚……あ、あ、ああっ」

実里の言葉が喘ぎにかき消される。

「や……っ…指…、動…か……っ…あ、あ」

体の中に埋められていた指が、前へ施される愛撫に呼応して蠕動する肉襞を、ゆっくりと擦るように蠢き始めたのだ。

その感触はまったく未知のもので、それゆえに怯えのほうが勝ってしまう。

だが、イヴァンは口での愛撫をさらに淫らなものにして、実里の脅えをごまかしてしまうのだ。

一度悦楽にごまかされてしまえば、後はなし崩しだった。

体の中で動く指の違和感よりも、自身に与えられる悦楽に夢中になってしまう。

その上、中で動いていた指が、不意にある部分を突き上げた瞬間、実里の腰がヒクッと跳ねた。

「何……? や、何……、だめ、そこやだ……っ」

何が起こったのか分からないうちに、イヴァンの指が繰り返し同じ場所を突き上げてきて、実里はあっという間に悦楽に呑み込まれた。

「や……ぅ…、あ、あ、だめ、ああっ、あ、あ……」

声が上がるのも、腰が淫らに揺れるのも止められない。

イヴァンは深く銜えていた実里自身を離すと、淫靡な笑みを浮かべて言った。

「大丈夫だ……気持ちがいいだけだろう？」

イヴァンの言葉どおり、確かに気持ちがいい。

けれど、どうしてそんな場所で気持ちよくなってしまうのかが分からなくて——もちろん、店の男娼たちが喘いでいる声を聞いたことがないわけではないけれど、それが一体どういう場面でのことかは知らなくて、こういうことに慣れていない自分がこんな風になってしまうのはおかしいんじゃないだろうかと思う。

「どう…し、て……僕……ぁ、あぁっ」

不意に中を探る指が二本に増えた。だが、増した質量に圧迫感はあるものの、痛みはなく、それどころか弱い場所を二本の指でゆっくりと擦られて、実里自身からは濃い蜜がトロリと溢れて幹を伝い落ちた。

「怖がらなくていい。ここで気持ちよくなるのはおかしいことじゃない」

「……っ…ん…とう…に……？」

「ああ。だから実里は全部私に任せていればいい」

優しい声が、まるで魔法をかけるように実里の中から怯えを消し去っていく。

そして、すべての怯えを拭い去られた実里には与えられる悦楽に柔順だった。

「あぁ……っ…、あ、あっ……そこ…あぁっ」

狭い中を広げるようにして動くイヴァンの指が、弱い場所を掠めるたびに実里は甘い声を上げる。

「気持ちがいいだろう？　こっちもこんなに零して……」

笑みを含んだ声で言いながら、イヴァンはもう片方の指先で、蜜を溢れさせる実里自身を下からゆっくりと撫で上げた。

「や……っ…あ、だめ…また……っ…」

「達《い》きそうか？　いくらでも達けばいい……ほら」

イヴァンは優しく囁きながら、再び口腔に実里を含んだ。

「あ……っ…ぁ、あ、あ、ああっ！」

張り詰めた自身を強く吸い上げられるのと同時に中を穿つ指に弱い場所を強く抉られた実里は、もうどうすることもできず、イヴァンの口腔に蜜をほとばしらせる。

「ぁ……あ、あ……」

実里が溢れさせた蜜を、イヴァンは躊躇することなく飲み下した。その動きが、達したばかりの実里にはまるで愛撫のように感じられて、腰が跳ねるのを止められなくなる。

その腰を軽く押さえ付けながらイヴァンは実里自身の中に残った蜜まで吸い立ててから、

ゆっくりと顔を上げた。

「は……、ぁ……」

目が眩む絶頂感とそれに続いた愛撫のような後処理から逃れられた実里は、白い胸を上下させながら息を継ぐ。

紅潮した頬と薄く開かれた唇、何かに耐えるように少し寄せられた眉。その実里の様子は男の征服欲を煽るものだった。

イヴァンはしばらくの間何か考え、不意に実里の中に残した指を大きく動かす。

「ふ……っ…ぁ、あっ」

絶頂後の脱力に体を弛緩させていた実里は、乱暴にも思える指の動きに声を上げたが、その声は甘く濡れていた。

実里が上げた声にイヴァンはどこか満足そうな笑みを見せる。そしてゆっくりと指を引き抜いていった。

「……侯爵…様……？」

体の中から圧迫感が消えたことに安堵したような表情を見せながら、実里はイヴァンの様子を窺う。

無垢な瞳を悦楽に潤ませた様子は、何よりもイヴァンを猛らせた。

「もう少し、時間をかけて君の準備をしてやりたかったんだが、これ以上は私が我慢できなくなりそうだ」

苦笑を浮かべるイヴァンの言葉の意味さえ、実里は計りかねて小さく首を傾ける。

その仕草が、どれほど男を煽るかなど、まったく気づきもしないで。

イヴァンは今すぐにでも襲いかかりたい衝動を抑え、服を脱ぎ捨てた。

あらわになったイヴァンの身体は、しっかりと鍛えられた大人の男のもので、その均整の取れた肢体の見事さに実里はじっと目をやったままになってしまう。

だが、イヴァンの手が下の着衣にかかった時、実里は慌てて目を逸らした。

その幼く見える様子にイヴァンはそっと笑みを浮かべながら、ズボンの前をくつろげると、自身を取り出した。

イヴァンが自覚していた以上に、実里の姿に煽られていたらしく、取り出したそれは鍛える必要もないほどに猛っていた。

どれほど恋愛術に長けた相手と夜をともにしても、これほどまでになったことはない。どんな時でも、もっと相手の様子を楽しむことができたはずなのに、今のイヴァンにはその余裕さえなかった。

「実里……」

イヴァンは甘く名前を囁き、実里の額に恭しくくちづける。そして、猛った己の先を実里の蕾へと押し当てた。

「あ……」

押し当てられたものの熱と質量に実里は驚きと戸惑い、不安を宿した瞳でイヴァンを見る。

「できるだけ、優しくする……」

実里は小さく目を閉じた。

「息を吐いて」

そのイヴァンの言葉で、実里は自分が息をひそめていたことに気づいた。小さく息を吐くと、ゆっくり蕾を押し開いてイヴァンが入り込んできた。

「ぁ…あ、あ」

指で慣らされたとはいえ、イヴァンのそれは指と比較にならないほど大きくて、実里は恐怖に声を震わせる。

「……侯爵…さま……」

無理、と口にしかけた実里に、イヴァンはたとえようもないほど優しい声で囁いた。

「いい子だ……、ほら、ゆっくり息をして、力を抜いて」

そう言われると、無理だとはどうしても言えなくて、実里は言われるままゆっくりと呼吸を繰り返す。

そして体が少し緊張を解くと、イヴァンは腰を進めた。

「ん……っ…」

「息を止めないで……ゆっくり、そう……本当にいい子だ」

圧迫感に息を詰めそうになると、繰り返し優しく声をかけられて、実里はその言葉に縋るように息をする。

随分と長い時間をかけて、イヴァンは体の動きを止めた。

「実里、大丈夫か……?」

「……はい……」

ぎりぎりまで開かれている感じがして、少しでも体を動かせばどうにかなってしまいそうで、声を出すことさえ怖くなる。

「もう…終わり、ですか……?」

小さな声で問う実里に、イヴァンは困った顔をした。

「まだ、半分も入ってない」

その言葉に実里は泣き出してしまいそうな顔になる。

今でもいっぱいいっぱいで。もうこれ以上なんて絶対無理だと思うのに、まだ半分以上残っているというのだ。

「無理にはしないから……。それに実里が慣れるまでは、このままじっとしてる」

イヴァンはそう言って、宥めるように額や瞼に触れるだけのくちづけをする。

前戯にもかなり時間をかけたし、挿入にも随分と気を使った。以前の自分ならとうに面倒だと思って投げ出すか、無理に進めただろう。

だが、今はそれ以上に実里が愛しい。

まだ会って間もない実里に、ここまでの気持ちが湧いてくることにイヴァンは自分でも驚いていた。

とはいえ、このままの状態が長く続けば、実里にとってもだが、イヴァンにとってもかなりつらい。

イヴァンは触れるだけのくちづけを続けながら、手をそっと実里自身へと伸ばした。

初めての挿入への不安からか、小さくなってしまっているそれを優しく手に包むと、イヴァンは緩やかな愛撫を与え始める。

最初はなかなか反応を見せなかった実里だが、それでも時間をかけて愛撫を続けるうちに少しずつ熱を孕み始めた。

「…侯爵様……」

恥ずかしそうに実里が小さな声でイヴァンを呼ぶ。

「ここを触られるのは嫌か？」

「……いえ…、でも、また……」

さっき、二回も出しているのにまた気持ちよくなってしまっている自分が酷く淫らに思えて恥ずかしかった。

だが、そんな実里にイヴァンは、

「いくらでも、気持ちよくなればいい。そのために、こうしているんだから」

甘い声で囁きながら、実里が一番過敏に反応する先端の割れ目へと指を伸ばす。

「あ……っ」

実里の体を鋭い悦楽が駆け抜けた。

そして一度感じてしまえばなし崩しで、実里は再び体を満たしていく悦楽に声を上げた。

「あぁっ、あ、あ……」

「そう、もっと声を出して……」

イヴァンは甘い声で唆しながら、ゆっくりと中に埋めた自身を動かし始める。

「ぁ……、侯爵様……っ」

「大丈夫、もう随分慣れただろう？」

イヴァンの言葉どおり、実里のそこは銜え込んだものの大きさに慣れ、さらには自身を嬲られて得た悦楽に淫らにひくつき始めていた。

「それに、ここ……」

イヴァンは囁きざま、さっき指で見つけ出した実里の弱い場所を、己の張り出した先端で引っかけるようにして擦る。

「あっ……」

「こうされると、気持ちがいいはずだ」

イヴァンは、浅い部分で小刻みな律動を繰り返した。

「あぁ……っ、んあっ、あ、ああっ」

張り出した先端で弱い部分を繰り返し抉られて、実里は体を震わせながら甘い声をひっきりなしに零す。

「やぅ……あ、あ、あ……っ」

与えられるあまりに強い悦楽に、淫らに腰が揺れ、肉襞はまるで何かを期待するようにざわめく。その動きを感じ取ったイヴァンは一気に自身を突き入れていった。

「あ――っ、あ、あぁっ」

体の深い場所まで犯され、実里の唇がわななくように震える。だが、零れた声は甘い響きを伴っていた。

その声に目を細めると、イヴァンは大きな動きで実里の中を犯し始めた。

「あ……っ、あ、侯爵…ぁ、ああっ」

悦楽に蕩けた内壁は、乱暴にも思えるイヴァンの動きにさえ悦んで、捏ね回すように蠢く熱塊を締め付ける。

そして絡み付く肉襞を引きはがすように、イヴァンは激しい抽送を繰り返した。

「ぁあっ、あ……、あ、あ」

穿たれている場所から体中へと駆け回る悦楽は、まるで甘やかな毒のように実里を犯す。

実里自身からは与えられている悦楽の濃さを示すように、蜜が引っ切りなしに溢れては幹を伝い落ちていた。

「もう……だめ……あ、あ、あ」

「ああ、分かってる。ほら、出しなさい」

イヴァンは蜜に塗れた実里自身をきつく扱きながら、ギリギリまで腰を引き、実里の弱い場所を抉るようにしながら最奥までを突き上げた。

「ぁ――っ、あ、あ、ぁあああっ」

実里の腰が悶えるように跳ね、自身から蜜をほとばしらせる。だが、すでに二度達していた実里からは申し訳程度の蜜が飛んだだけだ。

それでも実里を襲う絶頂は、今までのものよりも深く、そして濃かった。

イヴァンを銜え込んだ肉襞は、長く続く絶頂感に狂ったように熱塊を締め付ける。

その締め付けにイヴァンは苦笑しながら、己の欲望を遂げるために腰の動きを速めた。

「ぁあっ、あ、あ、あ……っ！」

絶頂の冷めない体を強く貪られて、実里が悦楽に濡れ切った悲鳴を上げる。

その実里の中へ、イヴァンは一気に熱を解き放った。

「あ………っ…あ、あっ」

「……っ」

淫らに熟れた肉襞を飛沫が激しく叩く。

その感触に実里は体中を小刻みに震わせ、そして不意に力を失った。

「実里……」

強すぎる悦楽に意識を飛ばしてしまった実里の中で、小さな律動を繰り返しながらすべてを注ぎ込んだイヴァンは、たとえようもないほど甘い声で実里の名を呼んだ。

「実里、私の可愛い恋人……」

満足そうに囁きながら、イヴァンは体を繋げたままで実里が意識を取り戻すのを待った。

月影楼の夜は、まだ始まったばかりだった。

3

廊下を誰かが通り過ぎていく足音が聞こえて、夢うつつだった実里はまだまだ眠気に支配されながら、誰だろうと考えた。

別棟に寝泊まりをしているのは大滝と実里だけだ。

だから大滝だろうと思って、実里は急激に意識を覚醒させた。

大滝がすでに起きているのに、自分が寝ている場合ではないからだ。

慌てて目を開いた実里は、目に映った見慣れない天井に眉を寄せた。

「……え…？」

自分がどこにいるのか分からなくて、実里は体を起こそうとする。

だが、その途端、起き上がれないことに気づいた。

体がだるいのだ。

特に腰が抜けそうなほど、重くてだるい。

それを自覚するのと、昨夜のことを思い出すのとは同時だった。

「あ……侯爵様…」

頭を巡らせて確認するが、部屋のどこにもイヴァンの姿はない。

その代わり、実里が手を伸ばせば届く畳の上に文字の書かれた便箋と何かの輪っかのようなものがあるのが見えた。

実里は手を伸ばし、それらを手に取る。

輪っかのようなものは、昨夜イヴァンが指にしていた、あの鳩の血の色をした宝石の指輪だった。

「きのうは、とてもすばらしいよるだった。きみにとっても、そうだとうれしい。きねんにうけとってくれ」

すべて平仮名で書かれた、あまり達筆とはいえない文字の手紙。

間違いなく、それはイヴァンが残したものだった。

「素晴らしい夜……」

口に出して繰り返した途端、実里の頭の中に昨夜の記憶がまざまざと蘇った。

くちづけだけで体に力が入らなくなって、抱き上げられて寝間へと運ばれて……。とても恥ずかしくて、でも気持ちがよくて、いっぱい変な声を出してしまった。

肌の上を優しく動くイヴァンの手の感触まで、まざまざと思い出されてしまって、実里は体を小さく震わせる。

だが、そんな実里の耳に、荒々しい足音が聞こえてきた。

「実里、どこだ。ここにいるのか！」

それが大滝の声だということはすぐに分かった。

なんとかして体を起こそうとした実里だが、重い体はなかなか言うことを聞いてはくれず、結局何もできないうちに座敷と寝間を隔てる襖が乱暴に大きく開けられた。

そこに立っていたのは鬼のような形相をした大滝と、そして心配そうな顔をした桔梗だった。

「実里……おまえ」

寝間に横たわる実里を、大滝はしばし呆然とした様子で見た後、不意につかつかと歩み寄り実里の傍らに膝をつくと、掛け布団をいきなりめくった。

「……っ！　実里、おまえ昨夜、あの異人と……」

布団の下の体は着物を纏ってはおらず、生々しい情痕が残っていた。

昨夜、何があったかなど一目瞭然だ。

「大滝さんっ！　いくらなんでも失礼ですよ」

桔梗が慌てて駆け寄って、大滝がめくった布団を元に戻す。

大滝は悲壮な顔で実里を見つめた後、魂が抜け出てしまいそうなため息をついた。

「……まったく、なんてことだ…。俺は、死んだ光彦にあの世でなんて言って詫びればいいんだ……」

「大滝さん……」

今までに聞いたことがないような、悲嘆にくれた様子の大滝の声に、実里はとりあえず大滝の名前を呼んでみた。

大滝は急に咎めるような表情で実里を見る。

「おまえも、一体どうして……。お酌と話の相手だけでいいと言っておいただろう……っ」

大滝の言葉に、実里は眉を寄せながら返した。

「だって、大滝さんも柳沢男爵も、みんな凄く申し訳なさそうだったり心配そうだったりして……お酌と話し相手だけなのに、どうしてみんなそんなにあやまるんだろうって、ずっと思ってて。それで、侯爵様に……その、閨《ねや》の相手もって言われた時に、柳沢男爵がお酌と話し相手だけって言って下さってるはずなのに、どうしてそういうこと言い出すんだろうって。でも、そういうことになっても甘んじて受けてくれって、そういう意味があったから、みんなあんなに心配そうだったのかって……そう思ったから…」

たどたどしくそう伝えた実里に大滝は絶句し、桔梗は、

「まったく、実里らしいね」

ため息まじりにそう言った。

その言葉に大滝は噛み付くように口を開く。

「実里らしい、で済む話か！　こんなことになるなら、昨夜の外泊を止めればよかった。そうすれば、実里は部屋に戻っていないことにすぐに気づけたはずだ！　それがあの男に好き放題されたあげく、のうのうと帰すことになるとは……。大体柳沢は何をしてたんだ！　実里にさせるのは酌と話し相手だけだと伝えろと、あれほど言ったのに……！」

怒り心頭な様子でそこまで言った大滝は、不意に何かに気づいた顔をした。

「こうしてはいられん。とにかく柳沢に事の次第を確かめなくては……っ」

大滝はそう言うと、かなり急いだ様子で部屋を後にする。

一人で怒って、そして出ていった大滝を呆然と見送った実里に、桔梗は苦笑しながら言った。

「本当に、大滝さんは実里のことになるとすぐに冷静じゃなくなるんだから」

「桔梗さん……」

「体は、どう？　顔色は悪くないみたいだから、あまり酷いことはされてないと思うけど」

桔梗は、実里の額にそっと手を押し当てる。

「少し、熱があるかな……。どこか痛かったりする？」

「いえ……痛いっていうのは、あまり。ただ、腰が凄く重くて怠くて……」

「それだけ？」

「……はい」

実里の返事に、桔梗は少し考えるような顔をしてから、

「ごめん、ちょっと布団めくるよ？」

そう言うと、実里が答えるよりも早く布団をめくった。

それも、大滝のように上半身ではなく、下半身を。

「や……っ…」

あらわになった下肢を桔梗は決して好色ではない瞳で何かを探すように見ると、すぐに布団を戻した。

「敷き布に血もついてないし、怪我はしてないみたいだね」

「怪我……？」

「私らみたいな男娼は、禿《かぶろ》の時に仕込まれるだろう？　そういうことに対して大丈夫なように。それでも最初の頃は怪我をしたりするもんなんだよ。ましてや実里は仕込まれたわけでもない、本当に真っ新な上に相手が異人さんとなれば、怪我をしてもおかしくはない。もし怪我をしてたら早いうちに手当をしないと、と思っただけなんだよ。恥ずかしい

思いをさせて悪かったね」

桔梗はさらりと説明する。

冷静な物言いが、動転していた実里を少し落ち着かせた。

「いえ、びっくりしただけだから」

そう返した実里に、桔梗は薄く笑みを浮かべると、実里の寝乱れた髪をそっと手で直す。

「侯爵はいい人だったみたいだね？」

「はい。……とても優しくて、いろんな国の話を聞かせて下さいました」

「でも、大滝さんは心配で仕方なかったみたいだよ。出先から、朝になって戻ってきて、実里が朝の掃除に出てこないって下働きの子に聞かされたみたいだね。お酌の相手で一緒に飲んで、二日酔いでもしてるのかと思って部屋に見に行ったらいなくて……血相変えて私の部屋へ来たんだよ」

おかしそうに桔梗が笑いながら言う。

「桔梗さんの部屋へ……？」

「私もびっくりしたよ。実里がいないなら、真っすぐに座敷へ行けばいいのにって思って聞いたら、『もし座敷にあの男がいて、のっぴきならない状況になってたら、俺一人だとあの男を殺しかねない』って。侯爵が帰ってて本当によかったよ。とんでもない修羅場を見るはめになるところだった」

部屋に入ってきた時の大滝の様子からすれば、『殺しかねない』とまではいかなくても、確かにとんでもない修羅場にはなっただろうと思う。

「でも、侯爵様はいい人でしたよ……。僕も、無理やりっていうわけじゃなくて……」

そう言った実里に桔梗は小さく頷く。

「無理やりだったなら、今、そんな風に落ち着いた顔はしてないだろうからね。……でも、まだ体はつらいだろう？　今日は昼まで寝ておいで。無理して起きたところで、いつもみたいに動けやしないだろうからね。部屋は後で片付けさせればいいよ」

桔梗はそう言うと、すっと立ち上がった。

「桔梗さん……」

「何？」

「心配かけて、ごめんなさい」

それに桔梗はふふっと笑い、

「大滝さんにも、言ってあげるんだよ」

そのまま部屋を後にした。

他の下働きの少年たちが掃除をしたりしているのに、自分だけ寝ているのはなんだか気が引けたが、桔梗が言った通りいつものように動くことは今は無理だ。

――後であやまって、今は寝させてもらおう。

実里はそう決めて再び目を閉じた。

そしてしばらくすると、すぐに睡魔が実里を眠りの淵へと導いていった。


「よいしょっと……」

小さくかけ声をして、実里は縁側に腰を下ろす。

昼過ぎまで眠っていたおかげか、動けないほど重だるかった腰はましになり、なんとか動けるようになった。

あんなことのあった翌日なのだから、今日一日くらい休んでいても誰も文句を言ったりはしないのだが、動けるのなら自分の動ける範囲で何かしないと申し訳がなくて、実里は使っていた座敷を片付けた後、庭掃除に出ていた。

とはいえ、何度も休まなければならなくて、時間がかかる。

すでに庭掃除を始めて、二度目の休憩だ。

「後半分だ、頑張ろ……」

一息ついて立ち上がろうとした時、入り口の方から人が歩いてくる音が聞こえてきた。

その音に実里が顔を向けると、大滝が柳沢を伴ってくるところだった。

「実里、おまえ寝てなくていいのか！」

傍らにほうきを置いて縁側に座している実里の姿に、大滝が慌てて歩み寄る。

「大丈夫ですよ。少しずつなら動けるようになりましたから」

そう答えた実里のすぐ横に、柳沢は不意に膝をついた。

「実里くん、昨夜は本当にすまないことをした」

深い悔恨に沈んだ表情で、腹の底から振り絞るような声であやまる柳沢に、実里は目を見開く。

「男爵……」

「イヴァンにはちゃんと、実里くんがそういうことを生業にはしていない、今夜は特別だと、言っておいたんだ。分かった、とそう言っていたし、今までどんなものでも一度した約束を反故にするようなことはなかったのに、どうして実里くんにそういうことをしてしまったのか……。イヴァンに聞かないことにはどうにも分からないんだが、朝、かなり上機嫌で帰ってきて、すぐにまた出掛けてしまったんだ……」

柳沢の口から出た、イヴァンの名前に、実里は昨夜の甘くて淫らなあのことを思い出して恥ずかしさに襲われた。

「やり逃げしたんじゃないのか？」

実里が羞恥に襲われて返事ができない間に、大滝は吐き捨てるようにそう言う。

「イヴァンはそういう男じゃない。とにかく、イヴァンが戻り次第、ここに連れてきてどういうつもりだったのか説明をさせるし、実里くんにも詫びさせるつもりだ」

「そんな、お詫びだなんて……」

「そう、詫びになど来なくていい。俺が出向く！　あいつはこの月影楼への出入りは禁止だ！」

大滝は怒りを再燃させた。

こういう状態の大滝には何を言っても無駄だ。

一頻り怒らせて、自然鎮火を待つのが一番早い。

それを心得ている実里と柳沢はただ黙って、大滝が怒るままにしていた。

だが、怒る大滝の声を聞きながら、実里は思った以上の大事になってしまった、と心ひそかに悩んでいた。

イヴァンとの間にあったことに、実里は今のところ後悔はしていない。

自分がそういうことを生業にはしていないとはいえ、月影楼という場所で身近に男娼たちと接している分、そういったことへの必要以上の嫌悪感はなかった。

それにイヴァンはとてもいい人だったし、そもそも実里だって勘違いしていたのだ。

——でも、今言ったら、大滝さんきっともっと怒るだろうな……。

むすっとした顔の大滝をちらりと見て、実里はこっそり胸のうちでため息をついた。

◇◆◇

師走に入り、町はどことなく新年に向けて慌ただしさを見せているように感じられる。

その町に、実里は桔梗やその他の男娼たちの買い物に来ていた。

「えーっと、後は桔梗さんのこの手紙を出して、それからお茶菓子を……」

藁半紙に筆で書き付けてきたものを見ながら歩いていた実里は、不意にある人物に呼び止められた。

「実里……？」

その声に顔をそちらに向けた実里は、目に映った人物に目を丸くした。

「ああ、やっぱり実里だった」

「侯爵様……」

そこにいたのは、イヴァンだった。

大きな歩幅で実里へと歩み寄るイヴァンに、実里は顔が赤くなるのを感じる。

イヴァンとああいうことがあってから、一週間ほどが過ぎていた。

最初の頃はいろいろ思い出して一人で赤面していたりしたのだが、ここ二日ほどは落ち着いていたのだ。

だが、本人を前にすると違う。

またあの夜のことを思い出してしまって、どうしても頭に血が上った。

きっと、もうみっともないくらいに顔が赤くなっているはずで、そんな顔を見られたくなくて実里は俯く。

そんな実里にイヴァンはまずあやまった。

「実里、この前は本当に悪かった。すまない」

それに実里は慌てて顔を上げる。

「侯爵様」

「柳沢から、君が特別に相手をしてくれる、とは聞いていたんだ。私が柳沢の友人だから特別に、と。だが、私はそれを『特別に私にだけは許してくれる』という意味だと思っていたんだ。本当にすまない」

そう言ってイヴァンは実里に頭を下げた。

それに実里は慌てる。

「侯爵様、やめて下さい……っ。どうか頭を……」

異人で、しかも貴族であるイヴァンが、平民で、まだ子供と言っても差し支えのない年齢の自分に対して頭を下げて謝罪をするなどあり得ないことだ。

必死で顔を上げてくれるように頼むと、イヴァンはようやく顔を上げた。

「僕は…その……気にしていないと言うと嘘になってしまいますけど、僕も勘違いしてしまっていたから……」

気にしていないわけじゃないけど、苦にはしていないとなんとかして伝えようとするのだが、言葉がうまく見つからない。

その実里に、イヴァンは薄く笑った。

「ありがとう、実里。君は本当に優しいんだな」

「そんな……」

「本当は、もっと早く君にあやまりたかったんだ。だが、君に会うことはもちろん、月影楼に行くことも禁じられてしまって……。偶然でも今日会えてよかった」

「え、禁じられた……んですか?」

イヴァンの言葉に、実里は少し眉を寄せて問う。それにイヴァンは、

「大切な君に手を出してしまったからね」

そう言って苦笑してみせたが、実里は少し考えた。

もともと月影楼に来ていたということは——桔梗とは何もなく、その日のうちに柳沢と帰ったらしいのだが——そういう相手を求めてのことだ。

男娼館も数がかなり減っている上に、月影楼のように格式やしきたりがきちんとしていて、上流階級の客を迎えられる娼館は他にはない。

イヴァンが男しかだめだというわけではないかもしれないが、月影楼に出入りができないのでは、不自由をしているんじゃないかと実里は思った。

「あの、侯爵様がまた月影楼にいらしていただけるように、僕からも大滝さんに頼んでみますね」

突然のその言葉に、イヴァンは実里がどういうつもりでそう言ったのか分からずに戸惑った。

「実里、それは……」

真意を確かめようとイヴァンが口を開いた時、

「サルトゥイコフ侯爵ではいらっしゃいませんか！」

通りがかった馬車の窓から、口ひげをたくわえた紳士が顔を見せた。

「ああ……、三戸《みと》さん」

それはこの先に店を構える油問屋の三戸という男で、月影楼を接待に使うこともあるため、実里も店で何度か顔だけは見ていた。

「いいところでお会いしました。あなたにロシアのお話を伺いたいと思っていたんですよ」

三戸がそう続けたのを聞き、自分がいたら邪魔になると察した実里は、

「侯爵様、それでは僕はこれで」

ペコリと小さく頭を下げ、イヴァンが声をかける間もなく次のお使い先へと走っていった。

その後ろ姿を、イヴァンは複雑な気持ちで見送る。

「今のは確か月影楼の……。お知り合いですか？」

三戸の言葉にイヴァンは、ただ、ええ、とだけ答えた。

「そうですか、ご存じですか」

三戸は何かいわくがあるような笑みを浮かべ、続ける。

「あれほどの器量ですから、店出しとなれば大勢の客がつくでしょうな。それを見越してか、主の大滝くんが水揚げ客の値を吊り上げようと店出しを渋っていると、もっぱらの評判……」

「あの子はそういう子じゃありませんよ」

三戸の言葉を遮るように、イヴァンはそう返した。

そのイヴァンの様子に三戸は困惑した。おそらくイヴァンの気分を害したと思ったのだろう。しかしイヴァンはにこりと社交用の笑みを浮かべる。

「それで、ロシアの話を聞いていただけるとか。……今からですか？」

「え、ええ。侯爵のお時間があるのでしたら……」

不意に切り替わった会話と、イヴァンの美しい微笑に戸惑いながら、三戸はそう返した。

「時間は充分。馬車にご一緒させていただいても？」

異国の侯爵と、大店とはいえ一介の商人である自分が馬車に同乗するなどという名誉なことは滅多にあるものではない。

「もちろんですとも！　どうぞ、どうぞ」

二つ返事で三戸はイヴァンを馬車へと招く。

だが、イヴァンは実里を好色な目で見られ、汚されたような気分になっていた。

――いや、汚した、というなら私の方が大罪を犯しているな。

イヴァンは自嘲めいた笑みを浮かべながら、馬車で三戸の家へ向かった。


月影楼の玄関の灯籠に灯が入り、また今夜もうたかたの華やかな夜が始まる。

いつものように客を迎え、いろいろな座敷で客と男娼たちの楽しげな声が響くようになった頃、その客が姿を見せた。

それは、柳沢に伴われたイヴァンだった。

あの日、使いから帰った実里は、すぐに大滝に出入り禁止を解いてくれるように頼もうとした。

しかし、大滝はイヴァンと町で会ったと言っただけで怒り、実里に町へ出掛けるのを禁止しそうな勢いで、とても切り出せる状態ではなかった。

とにかくイヴァンの名前を聞くだけでもだめなのだ。

だが、実里は根気よく、一週間ずっと大滝に怒られるのを覚悟で会うたびに頼み続け
――結局は大滝が根負けしたのだ。

『ただし、今回だけだ！　二度と実里を座敷には上げん！』

と、それだけは譲らなかったが、とりあえずイヴァンの出入り禁止は解かれることになったのである。

そして、今夜ようやくイヴァンが来ることになったのだ。

とはいえ、実里はイヴァンのいる座敷にお運びをすることさえ許されなかった。

「旦那からキツく言われてるんだよ。バレたら俺がどんなキツいお灸を据えられるか」

と、厨房の料理人たちはみんな、どれほど忙しく、その時に実里の手しか空いていなくても、イヴァンの座敷へのお運びだけはさせないようにしていた。

実里の頼みに負け、イヴァンの出入り禁止を解くことにはなったものの、どうやら店に来ても実里とは会わせない、と大滝はかなり意地になっているようだ。

挨拶くらいは、と思っていた実里だが、大滝に無理を言った自覚もあり、とりあえずの望みだった『イヴァンをまた月影楼に来られるようにすること』は叶ったので、これ以上大滝の意に逆らおうとは思わなかった。

結局、その夜は実里は同じ店にいながら、イヴァンとは顔を合わせることもなく、いつものようにお運びの仕事が一段落すると別棟へと引き上げた。

「実里、帰ったのか」

部屋に戻ろうとした実里が大滝の書斎の前を通った時、中から声がした。

「はい、今、戻りました」

「中へおいで」

そう言われ、実里はそっと書斎の扉を開ける。

大滝は机に向かい、書類を見ていた。

「まだ、お仕事ですか？」

「いや、もう終わる。……あの男には会ったのか？」

書類を伏せ、大滝は椅子から立ち上がると、応接室にあるものよりも少し小振りの応接セットの長椅子に腰を下ろし、自分の隣の座面を軽く叩いて実里に座るよう促す。

実里はそれに素直に従い、大滝の隣に腰を下ろした。

接した実里を見つめ大滝は小さくため息をつくと、ゆっくりと口を開く。

「おまえには、本当に悪いことをした」

「……侯爵様のことですか？」

「それもあるし……おまえをちゃんと上の学校に通わせなかったこともだ」

そう言う大滝に、実里は頭を横に振った。

「侯爵様とのことは、僕の勘違いが原因だし、納得してそうなったことだから……。それに、上の学校に行かなかったのも、僕が行かないって、行きたくないって思ったからで、大滝さんのせいじゃないですよ？」

「それでも、通わせるべきだった。俺はな、実里を引き取る時に必ずおまえの分まで実里を立派に成長させるって、光彦の墓前で誓ったんだよ。だが、俺は兄弟もいないし、結婚の経験もないから、小さかったおまえにどう接すればいいか分からなかった。とりあえず不自由のないように、身の回りのものだけは調えてやったが、本当におまえにしてやらなければならなかったのは別のことじゃなかったかと、今になって思う」

大滝は、実里をじっと見る。

「もっと、おまえのそばにいて、遠慮なく甘えられるようにしてやった方がよかったと思うんだ」

「大滝さん……」

「おまえは小さい頃から、聞き分けのいい子供だった。子供に手を焼くなんて一体どこの話だって思うくらい、おまえはおとなしくて俺の言うことをよく聞いていた。でも、違っていたんだろうな。おまえはずっと遠慮をして、邪魔にならないようにって、そう思っていたんだってことに、この前、おまえがあの男に手込めにされた時に分かった」

「手込めって……別に無理やりだったわけじゃありませんよ？　僕も、ちゃんと納得してのことだったし……」

笑って言う実里に、大滝は頭を横に振った。

「そういう意味じゃないんだ。おまえはあの日、やけに俺がすまないって言っていたのは、そういうことになっても甘んじて受けろ、という意味であやまっていたんだと思ったと言っただろう？」

「……はい」

「俺はただ、純粋におまえを座敷に上げて客の相手をさせることが申し訳なかっただけなんだ。だが、その言葉をおまえは深読みした。──つまり、深読みさせちまうくらい、俺はいつもおまえに窮屈な思いをさせてきたってことだ」

「窮屈だなんて、僕、そんな風に思ったことなんかありません……っ」

大滝は、時には厳しいこともあったけれど、窮屈だなんて、思ったことはない。

「そう言ってくれるのは、ありがたいよ。けどな、やっぱり実の父親みたいにっていうのは、無理だっただろう？　いい子にしてなきゃならないって、思ってただろう？」

問う大滝の声は穏やかだった。その声に、実里は落ち着いて考えてから、口を開く。

「確かに、死んだ父さんみたいには、甘えられなかったかもしれません。昔のこと、ほとんど覚えてないからよくは分からないけど。でも、大滝さんには本当によくしてもらって……。僕、小さかったけれど、父さんと母さんが死んだ時、親戚の人たちが僕のことをどうしようって、相談してたの知ってるんです。食いぶちが一人増えたらどうなるかって。みんな、怖い声でひそひそ話してて……」

「実里、聞いてたのか……」

大滝は呆然と呟いた。

すでに月影楼を経営していた大滝が駆け付けることができたのは、田舎の幼なじみから光彦がはやり病で危篤だという電報が届いたからだった。

大滝家は当主である大滝の父の決断で何かと不便な田舎から東京へ居を移していて、その電報がなければ葬儀のすべてが終わってからしか駆け付けることはできなかっただろう。

だが、それでも遅かったのだ。

大滝が駆け付けた時、光彦は先に亡くなった妻の後を追うようにして旅立った後だった。

その通夜の準備の時から、すでに実里の件でもめていた。

通夜の後には、それはあまりに醜い押し付け合いに変わっていた。もう実里が隣室で眠っていると誰もが思っていたからこそ、本音が出たと言ってもいいだろう。

「あの年のはやり病は本当に酷くて……みんないつ自分のうちでも死人が出るか分からないっていう状態で、自分の家のことで手一杯だってことも分かってたから……父さんや母さんが死んじゃった悲しみよりも、この後、自分がどうなるんだろうって、そのことの方が心配で……。だから、大滝さんが僕を引き取るって言ってくれた時は、本当に嬉しかったんです」

聞くに耐えない親戚たちの話に、大滝は自分がそんな筋ではないと分かっていながら割って入り、実里を引き取る、とそう言った。

「こっちへ来て、大滝さんが凄く忙しい人だって分かって、仕事だけでも大変なのに自分のことでまで煩わせないように、邪魔にならないようにっていうのは思ってましたけど、でも、それが窮屈だっていう風には……」

「やっぱりそう思ってたんじゃないか。それにずっと気づかなかった俺も俺だけど、余計に不慣でしょうがないよ」

大滝はため息まじりに言う。

「不慣って……。別に、普通のことですよ？　一家の大黒柱である父親が忙しくしてたら、邪魔しちゃいけないっていうの。死んだ母さんも、父さんが家で仕事をしてる時は、『うるさくしてお父様の邪魔しちゃいけませんよ』って言ってたし。それと同じです」

そう、大滝に引き取ってもらい、育ててもらった恩は感じているが、大滝が思っているような窮屈な思いやつらい思いはしたことがない。

「本当にそうか?」

「本当にそうです」

問い返す大滝に、実里は即答した。

その返事に大滝はしばらく考えるような顔をしてから、

「じゃあ、おまえ、何か俺に我儘を言え」

突然そんなことを言った。

「え?」

「実の父親のようにっていうのは無理だと思うが、おまえにはもっと我儘とか言ってほしいんだよ。何かあるだろ? 欲しいものとか……」

今度は実里が考える番だった。

「我儘、ですか……。欲しいものって言われても……」

「何か一つくらいあるだろう。遠慮はするな」

「何か一つくらいって言われても、大滝さん、僕にいろいろ買ってくれるじゃないですか。今、持ってるもので充分ですよ。遠慮とかじゃなく、本当に」

だが実里の言葉に、大滝は不満そうな顔をする。そんな大滝に、実里は少し間を置いてから続けた。

「それに、我儘はこの前言ったじゃないですか」

「おまえが？　どんな我儘を？」

大滝は思い当たることがないらしく首を傾げる。

「侯爵様が、また月影楼に来られるようにして下さいって」

大滝は、ああ、と納得したような声で頷いた。

「確かに、我儘と言えなくもないな」

「でしょう？　きっと、今みたいに僕が我儘を言っていても、大滝さんが気づいてないだけですよ」

そう笑う実里に、大滝も口端だけで笑う。そして、しばらく置いてから、聞いた。

「おまえ、今日はあいつに会ったのか？」

「いいえ。大滝さん、侯爵様のお座敷には僕にお運びをさせないようにってみんなにおっしゃったでしょう？　だから、侯爵様のお座敷には伺ってません」

「そうか……。おまえ、あの男のこと、どう思ってるんだ？」

突然の問いに、実里は眉を寄せる。

「どうって……」

「好きなのか？」

「大滝さんっ？」

あまりにも飛躍した問いに、実里は声が引っ繰り返りそうになった。

好きとか嫌いとか——もちろん、嫌いではないから閨の相手を承諾したのだが、大滝が問うているような、『男女の中』じみた意味の好きなのかなんて、考えたこともない。

「凄く綺麗で素敵な人だとは思いますけど……」

「また会いたいと思うか？」

返事をすればまた問い重ねられ、実里は考えてから口を開いた。

「お会いしたいというか……、いらっしゃった時に、たまたまお部屋にお酒を運んだりとかしてお会いしたら、ご挨拶くらいはした方がいいかな、とは思いますけど……」

イヴァンは、異人で侯爵様で、自分が男娼で相手ができるのなら話は違うかもしれないが、会いたいなんて思ったりしてはいけない相手だということくらい分かっている。

でも、今日みたいにあからさまに避けるのは、この前のことを余計にイヴァンに心苦しく思わせるような気もして、だから自然に会った時に挨拶くらいはと思うのだ。

実里の言葉に大滝は少し間を置いてから、

「分かった。今度、あの男が来たら、座敷へ行ってもいい」

そう言った。

「大滝さん、いいんですか?」

「あくまでも料理や酒を運んでもいいって言うだけだ。酌なんぞしなくていい。その時にちょっとばかり挨拶くらいならしてかまわん」

大滝のその言葉に、実里は嬉しそうに笑う。

「分かりました。じゃあ、今度いらした時にお酒を運ぶ機会があったら、ご挨拶だけ」

嬉しそうな実里に、大滝は複雑な表情をしながら、実里の頭をそっと撫でた。

「今度は、もっと別の我儘にしてくれ」

「分かりました、考えておきます。……お正月も、近いことだし」

返事をしながら、実里は大滝が自分のことを本当に思ってくれているのだと改めて知ることができて、とても嬉しかった。

大滝のために、もっとたくさん働いて、恩返しができるように頑張ろう、と決意を新たにしたのだった。

4

イヴァンとの再会は、さほど日を置くことなく叶った。

二日後の夜、イヴァンは再び柳沢とともに月影楼を訪れたのだ。

実里が追加のお酒をお座敷へと運ぶと、イヴァンは嬉しそうに笑みを浮かべた。

それに、相手をしていた桔梗が苦笑する。

「侯爵は、今夜いらしてから一番嬉しそうですね」

「ああ、すまない。ずっとどうしているのか気になっていたものだから」

イヴァンは桔梗に返したが、視線をすぐに実里へと戻した。

実里は持ってきた酒を桔梗へと渡すと、イヴァンと柳沢の方へと向いて座り直して深くお辞儀をする。

「ようこそ、いらっしゃいませ」

「実里、君のおかげでまたこうしてここに来ることができた。礼を言う、ありがとう」

イヴァンがそう言うのに、実里は少し笑った。

「侯爵様のお役に立てたのでしたら嬉しいです」

「この前は会うことができなかったから、どうしているのかと心配していたんだ」

「大滝のことだから、実里くんとは会わせないように仕組んでるんじゃないか話していたところだ」

柳沢の言葉に、実里は頭を横に振った。

「そういうわけじゃありませんよ。この前は忙しかったので、お伺いすることができなくて……」

本当のことを言わなかったのは、大滝がイヴァンに会わないように仕組んだのは自分のことを思ってだから、大滝を悪く思われたくないからだ。

だが、そんな実里の言葉に桔梗は薄く笑みを浮かべ、イヴァンに言った。

「ほら、侯爵、言った通りでしょう?」

それにイヴァンは苦笑しながら頷く。

「ああ、確かに」

その二人のやり取りの意味が分からず、実里は理由を問うような目を桔梗に向けた。

「あの、どういうことですか?」

「大滝さんが、侯爵の座敷に実里を行かせないようにみんなに命令してるって、この前お座敷にお運びに来た子が口を滑らせて侯爵の耳に入れちゃったんだよ」

そう言われて、実里は慌てる。

「あの、僕、侯爵様に嘘をつくつもりじゃなくて……、その、嘘は嘘なんですけど」

言い訳しかけたが、嘘をついたのは事実だ。どうにもバツが悪くて俯いた実里に、柳沢が声をかけた。

「実里くんなら、きっと大滝をかばうよって、話してたんだよ。それで、もし実里くんがここに来たら一度聞いてみようって言っていたんだ」

柳沢の言葉に実里は恐る恐る顔を上げ、イヴァンを見た。

「怒ってはいらっしゃいませんか？」

「怒る？　何を？」

「大滝さんのことで、嘘をついたことを……」

本当に分かっていない様子だったイヴァンにそう言うと、イヴァンは可愛くて仕方がない、といった様子の笑みを浮かべた。

「怒るわけがない。なんて優しい子なんだと思って感動していたところだ」

「ますます実里くんを気に入った様子だな」

笑って言う柳沢に、イヴァンはまじめな顔で頷いた。

「ああ。実里以上に素敵な子は、今まで会ったことだない」

「侯爵、それは私に対して少し失礼ではありませんか？」

イヴァンの言葉に、桔梗が笑いながら言う。それにイヴァンは笑みを浮かべ、まったく動じた気配もなく言った。

「桔梗くんのように艶やかで美しい人に会ったこともなかったよ」

「花を競う私にとっては一番の褒め言葉ですね。ありがとうございます」

悪びれないイヴァンの言葉も、余裕のある桔梗の言葉も、遊びに長けた者たちのものだ。

二人のやり取りに、実里は純粋に感心していた。その実里に、桔梗がそっと声をかける。

「実里、そろそろ戻った方がいいんじゃないの？　実里がなかなか戻らないって、大滝さんがイライラしてるかもしれないよ」

「あ、いけない。つい長居をしてしまって……」

慌てて座敷を下がろうとした実里だが、不意にあることを思い出し、懐からそっと清潔な布にくるんだ小さなものを取り出した。

「あの、侯爵様。これ、お返ししておきます」

実里はおずおずとイヴァンの前にその包みを差し出す。

「これは？」

イヴァンは差し出された包みをじっと見るだけで、手は触れずに聞いた。

「先日の指輪です……。あの、鳩さんの血の……」

そう答える実里に、イヴァンは少し眉を寄せる。

「手紙に、君にもらってほしい、と私は書かなかったか？」

「書いてありました……でも」

受け取れない、といった様子の実里に、桔梗がそっと言葉をかける。

「いただいたものを、お返しするのは失礼だよ」

「そうだよ、実里くん。どういう理由であれ、イヴァンは君にもらってほしくて渡したんだ。それを返してもイヴァンは受け取らないよ」

柳沢にまで言われて、実里は困った顔になった。

「でも……」

「どうして受け取ってもらえないのか、理由を聞かせてくれないか？　鳩の血の色の宝石なんて、気持ちが悪いか？」

優しい声でイヴァンに問われ、実里は頭を横に振る。

「いえ、とても綺麗だと思います。ただ、こんな高価なものは……」

「たとえどれほどの値段のものでも、私にとっては君に受け取ってもらえなければなんの価値もないよ」

そう言われて、実里はますます困ってしまった。

「実里、受け取っておきなさい」

桔梗はそう促す。実里も多分、そうした方がいいとは思うのだが、一度出したものをまた手元に戻すわけにはいかなくて、動けない。

そんな実里の心の揺れを見透かしたように、イヴァンはふっと笑って実里が差し出した包みを開いた。

そして、そこに入っていた指輪を手にすると、強引に実里の手を取り、その指に嵌める。

だが――。

「ああ、困ったな。サイズがまったく合わない」

イヴァンの指輪は当然だが実里には大きすぎ、どの指に嵌めても余ってしまうのだ。親指だけは辛うじてすぐに抜けるほどではなかったが、くるくると回ってしまう。

「イヴァン、随分と無粋なプレゼントをしてしまったな」

それを見ていた柳沢が笑いながら言うのに、イヴァンは渋い顔をした。

「ああ、まったくだ。次までに何か考えておくから、それまではこれを持っていてくれ」

イヴァンは包んでいた布をそっと畳んで指輪と一緒に実里に渡す。

そうされると、もう受け取っておくことしかできなくて、実里は結局分かりました、と言って引き下がるしかなかった。

「じゃあ……僕は、これで失礼します」

所在なげに言って部屋を後にしようとした実里に、イヴァンは、

「実里、大滝に時間があればここに来てくれるように伝えてくれ」

と、伝言する。

「大滝さんにですか?」

「話したいことがあるんだ。大丈夫、言い争ったりはしない」

不安そうな顔の実里にイヴァンはそう付け足した。

それに実里は分かりました、と言って部屋を後にすると、空のお銚子を厨房に下げ、大滝の元に向かった。

まだ早い時刻のため、大滝は別棟ではなく店の中の一室で、客の入りや座敷の様子などについて番頭と話しているところだった。

イヴァンが呼んでいる、と言うと大滝は顔を顰めたが、相手が侯爵で柳沢も一緒だとなると無視をするわけにもいかないらしく、渋々といった様子ながら座敷へと向かう。

本当に何も起こらないか心配していた実里だったが、次に大滝と顔を合わせた時、大滝は特に怒っている様子ではなく、安心した。

――でも、一体なんの話だったんだろ……。

気になったが、なんとなく大滝に聞けなくて、実里は大滝が怒っていないのだからあまり詮索はしないことにして、その後はお運びの仕事に没頭した。

◇◆◇

「侯爵は本当に日本語がお上手ですね」

座敷には、月影楼で五指に入る男娼の春日《かすが》の声が響いていた。

接待を受けているのはイヴァンで、そして座敷には実里も同席している。

あの日、イヴァンが大滝を呼んで話したのは、

『毎日でも月影楼に通いたいが、そのたびに柳沢に同席を頼むことはできない。だから、一人で訪れることを許可してくれないか』

と、いうことと、

『その時に少しの時間でもいいから実里を同席させてほしい』

というものだった。

前者はすぐに受け入れられたが、後者の実里を座敷に、というのはなかなか大滝には承諾することができなかった。しかし、結局は柳沢から頼まれたこともあり、

『絶対に何もしない。実里にはお酌もさせない。二人の間には座布団二つ分の距離を置く。決して二人きりにはならない』

という四つのことを条件に、頼みを受け入れざるを得なかったらしい。

翌日から、イヴァンはほぼ毎日のように月影楼を訪れて、実里を座敷に呼んだ。

最初のうちは、イヴァンの座敷には桔梗がついていたのだが、桔梗を目当てにする客から、連日独り占めにされては来る甲斐がない、と苦情が出たのだ。

『奴は桔梗を抱くわけでもなくその日のうちに帰るんだから、桔梗じゃなくてもかまわないだろ』

という大滝の判断で、失礼のないよう月影楼でも上位に入る男娼の中で時間のあるものが、イヴァンの相手をするようになった。

イヴァンは実里に執心している、というのは店でも評判になってしまった。当初は、イヴァンが来たら実里はほんの十分ほど座敷に挨拶に行くだけだったのに、その時間が少しずつ長くなり、今では長い時では一時間近くいる。

それが嫌だというわけではないのだ。

むしろ、長い時間座敷にいることは、実里なりのイヴァンへの心遣いでもある。

イヴァンはほぼ毎日、月影楼に来る。その上、来るたびに実里にプレゼントを用意しているのだ。

最初のプレゼントは、あの指輪を首から下げられるようにと、金の細い鎖だった。

次が万華鏡で、その次は自鳴琴。

あまりのプレゼント攻撃に、おまえは実里の部屋をもので埋める気か、と大滝が苦情を言ってからは、食べ物になった。

舶来の珍しいお菓子や、有名な和菓子屋の羊羹など、とにかく毎日、プレゼントを持ってくる。

菓子類ならみんなで分けて食べられるからいいのだが、それでも毎日となるとどうしても気が引ける。

それに、心配なのだ。

以前、店にいた男娼に入れあげて、散々貢いだあげくに全財産をなくした者がいた。

その男が店に乗り込んできて、男娼に一緒に死んでくれ、と刃物を振り回して大変な騒ぎになったのだ。

イヴァンがそんな刃傷沙汰など起こすことはないと思うが、月影楼のお座敷というのは、そう安い額ではない。

毎日のように来ているのだから、それだけでもかなりの額になっているはずだ。

『侯爵』と呼ばれる種類の人間がどれほどの金持ちなのかは実里には分からない。少なくとも刃傷沙汰を起こしたあの男よりは遥かに金持ちだとは思うのだが、それでも心配になってしまう。

だからといって、そんなことをイヴァンに直接聞けるわけもなく、実里は自分にできる唯一の心づくしとしてお座敷に長い時間いることにしているのだ。

その日、お座敷を下がったのは、なかなか戻らない実里に焦れた大滝が下働きの少年を使い戻るように促してからのことだった。

「大滝さん、怒ってた？」

廊下を急ぎながら、実里は下働きの少年にこっそりと聞く。

「普通だと思います。でも、ちょっとイライラしてるかな」

「……僕、お座敷にどれくらいいた？」

「一時間は超してると思いますけど……」

返ってきた言葉に、実里は少しは雷を落とされるのを覚悟して、大滝の元へと急いだ。

大滝は既に別棟の書斎に戻っていて、長椅子で本を読んでいるところだった。

「遅くなって、すみません」

実里はとりあえず、謝罪から入る。だが、大滝はまったく怒っていなかった。

「いや、かまわない。どうせ、座敷から戻るきっかけが摑めなかったんだろう？　桔梗ならある程度のところで促してくれるだろうがな」

大滝の言葉は、半分はあたりだ。

イヴァンの座敷にある程度長い時間顔を出しておこうとは思っていたが、最後の方は辞すタイミングをずっと窺っていた。

イヴァンが実里目当てに通っていると知っていても、実際にイヴァンの相手をしている男娼にとっては、実里の存在はそこそこ疎ましいものだ。

だからといって、男娼もイヴァンの手前なかなか実里に部屋を出るように促すこともできず、お互いにその機会を探り合っていた。

「今日は確か……春日があの男の座敷にいるんだったな。今頃、あの男の気を引こうと必死になってるだろう。おまえに向いてるあの男の目を自分の方へ向けさせたら、それはいい客になってくれるだろうからな」

大滝は笑って言ったが、実里はなんとなく笑えなくて、話を変えるように大滝に聞いた。

「それで、何かご用でしたか？」

「いや、用は別にない。そろそろ風呂に入って寝る時間だから呼びに行かせただけだ」

そう言われて時計を見ると、確かに、もうそんな時刻になっていた。

「もう、こんな時間になってたんですね。そうします」

実里はそのまま下がろうとしたのだが途中で足を止め、大滝を振り返った。

「大滝さん、一つ聞きたいことがあるんですけど、いいですか？」

「なんだ？」

「侯爵様、毎日っていうくらいいらっしゃるけど、大丈夫なんでしょうか……」

実里のその問いに大滝は首を傾げる。

「大丈夫って、何がだ？」

そう問い返されて、実里は決してイヴァン本人には聞けないことを口にした。

「お金のことなんですけど……。お座敷代だけでもかなりなのに、毎日お土産とか下さるし……」

かなり深刻そうに聞いた実里に対し、大滝は、そんなことか、とでも言いたげな顔を見せる。

「いくらうちが高いって言ったってな、その日のうちに帰っていく客が払う金なんざたかが知れてるだろうが。高いのは闇の値段なんだから」

大滝の言葉通り、イヴァンは来ても決して泊まらない。

だが、それでも心配は、心配だ。

それを実里の表情から読み取った大滝は、言葉を続けた。

「少なくともあいつは柳沢よりも金持ちらしいから、心配するな。桔梗のとこに二年か三年居続けたって、奴の身上《しんしょう》はびくともしないだろうからな」

具体的に、比較対象になる人物の名前を挙げられて、少し実里は安心する。

「だったらいいんです。毎日来て下さるから大丈夫なのかな、と心配になってしまって」

「おまえは本当に優しいな。一目でおまえを気に入ったって奴の目だけは褒めてやるよ。あの一件以降、きちんと座布団二枚分の距離も守ってるようだし。もちろん、守って当たり前のことだがな」

大滝は鼻で笑ったが、イヴァンのことを信用はしているようだった。

そして、実里も、イヴァンが毎日来ることへの経済的な心配をしながらも、イヴァンが来るのを心待ちにするようになっていた。

それでも、座布団二枚分の距離は変わることはなく、不思議な安定を保ったまま、年は暮れたのだった。

◇◆◇

松の内はさすがに月影楼も休みだ。

八日の夜に店が開くと、早い時間から客が来てどの座敷も大忙しだった。

座敷が忙しい、ということは当然、裏方も忙しいということで、実里もいろんな座敷に酒や料理を運ぶのに走り回っていた。

イヴァンも柳沢と一緒に来ているのは知っていたが、顔を出す余裕がなかなかなく、ようやく一段落したのは、イヴァンたちが来て随分と時間が過ぎてからのことだった。

「今日は随分と忙しそうだな」

座敷に顔を出した実里に、イヴァンは笑いながら言った。

「遅くなってすみませんでした」

あやまった実里は、そこで初めて部屋に男娼の姿がないことに気づいた。

「どなたも、いらっしゃってないんですか?」

「ああ、さっきまではいてくれたんだがね。私がいれば、実里くんと二人きりということにはならないだろうし、少し二人で話したいこともあったから下がってもらったんだよ」

柳沢が、笑って続ける。

「なんといってもこちらの侯爵様は、我が家の離れに仮住まいしていらっしゃるのに、ほとんどそこに落ち着いては下さらないものだから、こんな機会でもなければゆっくりと話せなくてね」

「柳沢、まるで私が遊び回っているような妙な言い方をしないでくれ。実里が誤解をしたらどうする」

イヴァンが少し真面目な顔で返すと、柳沢は肩を竦めた。

「まったく、実里くんのことが絡むと冗談も通じなくなるんだな」

「私の誠実さを疑われたくはないからな。特に、今日は」

いわくありげなイヴァンのその言葉に、実里が何かあるのか問おうとした時、

「俺だ、失礼するぞ」

廊下から大滝の声が聞こえ、すぐに襖が開いた。

「大滝、随分と早かったな。他の座敷への挨拶回りは済んだのか？」

柳沢がそう問うのに、大滝は部屋の中へと入りながら答える。

「話の長い客が何人かいたが『柳沢男爵をお待たせしてる』と言ったら早々に引き上げさせてくれたよ」

「おいおい、私をお札《ふだ》代わりに使ったのか？」

「札代わりだろうとなんだろうと、使えるものは使えるうちに使うさ。それで実里、おまえもいたのか」

大滝は視線を実里へと向ける。

「ええ、さっきようやく一段落したのでご挨拶に伺ったところです」

「そう、今来たところだよ。丁度よかった、実里くんの話だから一緒に聞いてもらおう。イヴァン、それでいいな？」

柳沢はそう言ってイヴァンを見た。

イヴァンは頷くと、座り直して姿勢を正し、真っすぐに大滝を見て口を開く。

「今日は、あなたにお願いがあって来た」

「どうせ、ろくでもないお願いだろう」

そう返した大滝に、イヴァンは単刀直入に言った。

「実里を、身請けしたい」

その一言は、まったく予想さえしていなかった言葉だった。

あまりにも予想外の言葉で、実里も大滝も、一瞬、イヴァンの言った意味がよく分からなかったほどだ。

虚を衝かれて返事のできない実里と大滝に、イヴァンは続けた。

「この一月、ここへ通って、実里の顔を見るだけで満足しようと思っていた。だが、どうしても諦められない。暮れから今日までの数日、実里に会えないだけでも耐え難いほどの苦痛だった。だから、ぜひ実里を身請けさせてほしい」

放心状態だった実里と大滝だが、先に己を取り戻したのは大滝だった。

「身請け……だと？　俺はそういう意味で実里を手元に置いてるわけじゃない！　まだ分からないのかっ！」

怒鳴った大滝にイヴァンは眉を寄せる。

「では、どう言えばいいんだ？　あなたはこの店の主で、実里は店で働いている。主の元から引き取りたい、と私は言っているんだが」

「確かに俺はこの店の主で、実里も店を手伝ってるが、それ以前に俺はこいつの親代わりなんだよ！　その俺が実里を金でどうこうすると思ってるのか」

そこまで言うと、大滝はギッと柳沢を見た。

「柳沢っ、この異人は一体どういうつもりでいやがる！」

激怒といっていい様相の大滝に、柳沢はやれやれ、という様子でため息をつく。

「イヴァンの言い方は、多少問題はあるが、つまりはあれだ。実里くんが好きでたまらなくて手元に引き取りたいんだが、それにあたって、まぁ、そうだな、男女の中で言えば結納金はいくら払えばいいのかって聞きたいんだろう。残念ながら、実里くんが男だから結納金という言葉は使えないし、それで身請けと言ったんだと……」

「何が結納だ。結婚でもするつもりかっていうんだよ」

吐き捨てるように大滝は言った。それに、イヴァンは至極真面目な顔で頷いた。

「神が許す時がきて、そうできるなら幸いだと思っている。誤解されないように言っておくが、私はここに通う金が惜しくて言っているわけじゃない。実里と食事をしたり、遊びに出掛けたりといったことがしたいだけだ」

真剣な顔のイヴァンに、大滝は腕組みをして考え込むように目を閉じる。

その傍らで、実里はイヴァンが自分のことを引き取りたいと思うほどの好きでいてくれているという事実に、頭を真っ白にさせていた。

毎晩のように通ってきていたのは、確かに自分を気に入ってくれているからだとは思っていたが、それと同時に、こういう場所の雰囲気や遊びを楽しんでいるからでもあると思っていた。

──身請けとか、結納とか……なんか、あり得ない言葉がさっきから出てる……。

実里は呆然としながら、視線をイヴァンへと向けた。

その時に実里は初めて、イヴァンがじっと自分を見つめていることに気づいた。

イヴァンの視線を意識した途端、急に恥ずかしさが込み上げてきて、実里は俯く。

言葉のない数十秒の果てに口を開いたのは、柳沢だった。

「大滝、おまえが気乗りしないのはよく分かるが、ここは実里くんに判断を委ねてみるのはどうだ？　そのために実里くんにも聞いてもらったわけだしな」

その言葉に、大滝は眉を寄せたまま目を開く。

「それはそうだが、親代わりとして、本人の意思を問う前に蹴らなければならない話もあると俺は思っている。この前の、実里に相手をさせてほしいっていうおまえの頼み事も、俺が実里に聞くまでもなく蹴ってればと、どれだけ悔やんだか」

「そう言われると、私も返す言葉がないがな……」

柳沢が困った様子で言う。

「こいつが、実里に本気だってことは分かった。けれどな、どれほどいい奴でも、異人で、しかも男だ。そんな相手に大事な親友の忘れ形見である実里を近づかせていいものかと、俺はそれを悩んでるんだ」

「確かに、私はこの国の人間ではなく、そして男だ。そんな私が実里に近づくことそのものが、実里にとって迷惑になるかもしれないということも分かっているが、それでも私は実里を諦められない。諦められるとすれば、それは実里が私を拒んだ場合だけだ。そうでなければ、私はこの子を攫ってでも自分のものにしてしまう」

イヴァンの言葉に大滝は返す言葉がなかった。

しばらくの沈黙の後、大滝は実里を見た。

「実里、おまえはどうしたい」

「ど、どうって……?」

「この異人のところに行くか？　おまえがこの異人のことを好きなら、そうすればいい」

大滝に言われ、実里は必死で答えようとするが、うまく考えがまとまらない。その実里をイヴァンは真っすぐに見つめて、言った。

「実里、君を愛してる。必ず、大切にすると誓う」

誰かにこんなに思いを寄せられたことは初めてで、しかもその相手が作り物のように綺麗なイヴァンなのだ。

それだけで実里の頭は沸騰して、夢を見ているような気持ちになる。

「僕は、あの……、なんて言えばいいのか、夢みたいで……」

「夢じゃなく、本当だよ」

笑みながらイヴァンは言う。

「僕は、誰かをとても好きになるということが、初めてで、その、よく分からなくて……。ただ、侯爵様のことはとても綺麗で素敵な方だと思います。でも……」

実里はそこまで言って、大滝を見た。

大滝はただ黙っていたが、実里を見る瞳にはどこか不安そうな光があるように思えた。

「あの、侯爵様と外でお会いしたかったら、侯爵様のところに行かなくてはなりませんか？　僕はここで大滝さんのお手伝いもしたいですし、侯爵様と外でお会いしたりもしたいです。それは、我儘でしょうか？」

実里の言葉に、イヴァンも大滝も柳沢もそれぞれ意味が分かりかねる、といった顔をする。

「だから、侯爵様は僕を引き取りたいっておっしゃったけれど、僕はここで今まで通りにお仕事を手伝いたいんです。それで、時々、外で侯爵様とお会いしたりできたらって」

そう言った実里に、柳沢が真っ先に頷いた。

「ああ、イヴァンが『引き取る』と言ったのが引っかかっているわけか。つまり、実里くんは、ここで暮らしながら、普通の男女が交際するようにイヴァンと外で会ったり、たまには家を行き来したりできるなら、イヴァンの恋人になってもいい、とそういうわけだね？」

柳沢が分かりやすく説明してくれたおかげで、イヴァンと大滝は実里の言いたいことを理解することができたが、当の実里は柳沢が言った『恋人』という言葉に、また頭をくらくらさせてしまって、言葉が出る状態ではない。

その実里に代わり、柳沢がイヴァンと大滝、それぞれに聞いた。

「確かに、親代わりである大滝の元から実里くんを今すぐに引き取る、というのは良案とは言えない。大滝が二人の交際を認める、という形で店の外でも会えるようにしたらどうだろうか？　イヴァンもとりあえずはそれで納得できるだろう？」

「もちろん、実里の望まないことは私にはできないからな。実里が望む通りでかまわない」

即答したのはイヴァンだった。

そして、やや遅れ、大滝が渋々といった様子で口を開く。

「……実里がこの男とつきあいたいっていうなら、俺には止める権利はない。だがな、実里はまだ子供だ。その辺りをよく考えて、節度を持ってつきあえ」

「大滝、その辺りは私もちゃんと目を光らせておく。何しろこちらの侯爵様の住まいは我が家の離れだからな」

柳沢がおどけるように言って、重くなっていた部屋の空気を変える。

「まったく、おまえは本当にやっかいごとしか持ち込まない」

大滝はおおげさにため息をつきながら言うが、怒ってはいない様子だ。

そして、イヴァンは嬉し気に微笑んで実里を見ている。

本当に、この綺麗な人とつきあうんだろうか、と実里は未だに現実感が摑めずにふわふわとした頭で、今さらそんなことを考えていた。

◇◆◇

「じゃあ、大滝さん、出掛けてきます」

書斎で仕事中の大滝に、実里は控えめにそう声をかけた。

「ああ、気をつけて行ってこい。あまり遅くはなるなよ」

大滝は書類に目を向けたまま、いつもと同じ言葉を口にする。

それに、はい、と返事をして実里は出掛けた。

「わ……、また雪だ」

空から舞い落ちる雪を実里は軽く見上げた。

昨夜からの雪は朝まで降り続き、すべてを真っ白に覆い隠した。朝には一度止んでいたのだが、今また降り始めていた。

――あんまり積もらないといいな。雪かき、大変だから……。

胸の中で呟いて、実里は先を急ぐ。

イヴァンと店の外で会ってもいい、と許可がおりてから三週間が過ぎ、明日からはもう二月だ。

この三週間、週の半分以上はイヴァンと出掛けている。

最初の頃、大滝は出掛ける時も帰ってからも口うるさく、どこで何をしたのかなど、いろいろと聞いてきた。だが、昼過ぎに出掛けて日暮れにはちゃんと戻る生活をしているうちに心配は無用だと思ったのか、さっきのように簡単に送り出してくれるようになった。

イヴァンと初めて出掛けたのは、ミルクホールと呼ばれる洋風の茶店だ。そこでお茶を飲んで話をした後、初めてのデートの記念に、と二人で一緒に写真館で写真を撮った。

その時の写真はそれぞれ一枚ずつ持ち、実里は写真を受け取りに行った帰りにイヴァンが買ってくれた銀細工の写真立てにそれを収めた。

自分の写真を部屋に置いておくのは気恥ずかしくて、最初は机の引き出しの中にしまっていたのだが、ついつい取り出してイヴァンの顔を見てしまう。

それで、今では出しっ放しになっていた。

イヴァンと知り合って二カ月以上が経つのに、彼を見飽きる、などということはまったくない。

いつも会うたびに、本当に綺麗な人だと改めて思ってため息が出るほどだ。

今日はイヴァンが仮住まいをしている柳沢男爵家の離れで会うことになっている。

そこで実里はロシア語を習っているのだ。

そして、ロシア語の勉強が終わると、イヴァンがロシアの小説を日本語に訳しながら読んでくれる。今、読んでくれているのは『アンナ・カレーニナ』という小説だった。

「この前はどこまで読んだんだったかな……」

ロシア語の勉強が終わった後、イヴァンは小説を手に取り、栞を挟んだページを探す。

「ウロンスキィが馬の大会に出るところです」

「ああ、あった。ここだったな……」

栞を挟んだページを見つけ出したイヴァンは、少し先のページまでざっと目を通してから、日本語に訳し始めた。

知らない国の物語は、日本では想像ができないような風景や生活の様子が書かれていて、まるで御伽噺のようで、実里は想像の翼を大きく広げ夢中になって聞き入ってしまう。

だが、その翼は、途中で聞こえてきた離れのドアを叩く音に、はばたくのを中断せざるを得なかった。

離れに顔を見せたのは、柳沢の妻の文子だった。

柳沢と一回り以上違う文子は、三年前に結婚したばかりだ。

文子とは、以前から大滝の使いで男爵家に来た時に何度も会っていて、実里が柳沢の親友の子供ということで随分と優しくしてくれていた。

「楽しくお話をしてらっしゃる最中にごめんなさいね」

「マダム、今日はお出掛けだったのでは？」

イヴァンが問うのに、文子は窓の外を指さした。

「ええ、出掛けておりましてよ。おしゃべりに夢中になって気が付いていらっしゃらないようだけれど、窓の外をご覧になって」

その言葉に実里とイヴァンは窓の外へと目をやり、そして驚いた。

窓の外は随分な吹雪だったからだ。

「風の音が強いとは思っていましたが、まさか吹雪いているとは……」

少し眉を寄せてイヴァンが呟くように言う。

ここに来る途中に降り始めていた雪は、実里が到着した頃には止んでいたのだ。その時から風は強かったので、部屋の中にいても風の音は聞こえていたが、たいして気にはしていなかった。

「雨と違って雪は音がしませんものね。私も急いで他の奥様と別れて帰って参りましたのよ。道中はもう随分と積もってしまっていて、立ち往生するかと思いましたわ」

「そんなに積もっているんですか？」

実里は少し慌てた様子で聞く。それに文子は頷いた。

「昨日の雪も残っていたでしょう？　それと合わせれば結構な量ね。それよりも酷いのはこの風なの。もう、前が見えないんじゃないかと思うほどよ。この分じゃ、出掛けている柳沢も戻れないんじゃないかしら」

「いけない……、僕、帰らないと……」

そう言った実里に、文子は大急ぎで頭を横に振った。

「無理よ。とても酷い風と雪で路面電車も止まってしまっているのよ？　うちの馬車も主人が乗っていっているし。歩いて帰ったのでは雪まみれになってしまうわ」

「でも……」

眉を寄せる実里に、イヴァンは、

「吹雪の中を外に出るのは得策とは言えない。ロシアでは、吹雪で方角を失って家に帰りつけずに凍死する者もよくいるぞ」

そう言って、無理だと伝える。

それでも実里はすぐには聞き入れようとせず、眉を寄せたまま小さな声で言った。

「帰らないと、大滝さんに心配をかけてしまいます……」

実里が一番心配しているのはそれだった。

大滝がどれほど自分のことを心にかけてくれているかは、イヴァンとの件で痛いほどに分かった。

だからこそ、あまり心配をかけたくないのだ。

「こんな吹雪の中、帰ろうとする方が心配をかけることになるぞ」

「そうよ、実里さん。大滝さんには、今夜はこちらでお泊めしましたって明日お手紙を書いてあげるわ。それをお見せすれば、きっとこの吹雪では仕方がなかったって、分かって下さるわよ。ね、そうなさいな」

子供に言い含めるような優しい口調で文子に言われ、それ以上実里も帰る、とは言えず柳沢家に泊まることになったのだった。

「侯爵様のお国では、雪はもっと降るんですか?」

夜、実里は窓辺で降り続ける雪を見つめながら呟くようにイヴァンに聞いた。

「何日も降り続いて、すべてを真っ白にしてしまう。人の背丈など、すぐに超えてしまうな」

「侯爵様の背よりも高く積もるんですか……?」

その量が想像できなくて、実里は目を丸くする。

「ああ、簡単にな」

そう返してから、イヴァンは実里を手招きで自分のいる暖炉のそばへと呼び寄せる。

「窓辺は冷える。カーテンを引いてこっちへおいで」

それに実里は頷くと、言われた通りにカーテンを引いてイヴァンの元へと歩み寄った。

夕食を文子とともに食べ、その後で湯殿を使わせてもらい、この離れに戻ってきたのはついさっきだ。

ランプと暖炉の火があっても、当たり前だが昼間のような明るさはない。

揺れる明かりが、イヴァンを照らし出しているのがとても綺麗だと思いながら、実里はつい彼の顔に見入ってしまう。

「実里、そんなに見つめないでくれないか?」

苦笑しながら言ったイヴァンの言葉で、実里は自分がまた見惚れてしまっていたことに気づいた。

「すみません……、その、とても綺麗だったから」

素直にそう言った実里に、イヴァンは困ったような顔をする。

「弱ったな……、どうやら私の理性は長くもたないらしい」

「侯爵様?」

イヴァンが何を言おうとしているのか分からなくて、実里は首を傾げた。

その実里に、イヴァンは困った顔のままで口を開く。

「大滝に、実里はまだ子供だからつきあい方には気をつけろと言われてから、できる限りそれを守ろうと頑張っていたんだが……こうして、実里と夜を過ごしていると、どうにも我慢ができなくなりそうだ」

熱っぽいイヴァンの視線と声で、言おうとしていることを悟った実里は心臓をどきどきさせながらも、イヴァンから目を逸らすことができなくなっていた。

「実里……君が欲しい」

イヴァンの手がそっと実里の頬を撫で、耳に触れる。

その感触だけで実里は体を小さく震わせた。

「侯爵様……」

「君を愛してる。愛してるからこそ、大事にしたいと思うのと同時に、すべてを奪ってしまいたいとも思う。……実里、君は私のことをどう思ってくれているんだろう？」

真っすぐな目で、イヴァンが問う。だが、その問いに実里は戸惑った。

「どうって……」

「好意を持ってくれているのは分かる。だが、それが年の離れた友人としてのものなのか、それとも恋人としてのものなのか、どちらなのかと不安なんだ。……一度は君をこの腕に抱いたが、あれは互いに誤解があってのものだっただろう？」

そう、あれは誤解の上に成り立ったものだった。だが——、

「いくら、誤解があったとしても……好きだと思わない人に身を任せようとは思いません」

実里ははっきりと言った後、恥ずかしそうに目を伏せ、続ける。

「僕は、この前も言ったと思うんですけど、恋というものをしたことがなくて……。どういう気持ちが恋なのかというのも曖昧で……。でも侯爵様とこうしてお会いするのはとても楽しくて、嬉しくて、胸がざわざわしたりします。そういう気持ちを恋だと言うのなら、

僕は、きっと侯爵様に恋をしています」

愛の告白なんて生まれて初めてで、ちゃんと言えたかどうかも分からないし、酷く恥ずかしかったが、最後はちゃんとイヴァンを見て実里は言った。

それにイヴァンは驚いた顔をしてから、実里の体を不意に強く抱きしめた。

「今日は、なんてすばらしい日だ……」

感嘆したようにそう呟き、実里の耳元に熱っぽく囁く。

「実里、心から君を愛してる。たとえ神の御前で誓うことの許されない愛だとしても」

イヴァンは抱きしめる手を少し緩めると、実里の顔をじっと見つめ、そしてくちづけた。恭しく触れて一度離れた唇が、再び重ねられた時、それは貪るような激しいものに変わっていた。

実里はそのくちづけの甘さに酔うよりほかに何もすることができなかった。


長く甘いくちづけが終わった時、実里の体からは力が抜けてしまった。

その実里を、前と同じようにイヴァンは抱き上げて寝台へと運び、寝間着を脱がせてすべてをあらわにさせると、優しい笑みを浮かべた。

「ずっと、つけてくれているのか?」

イヴァンは、実里の首から鎖でぶら下がっているあの指輪を手にした。

「はい。侯爵様から初めていただいたものですから……」

実里がそう言うのに、イヴァンは嬉しさを隠さなかった。

「君はどうしてそんなに私を喜ばせるのが上手なんだろう」

イヴァンが喜んでくれていると分かって、実里も嬉しくなる。だが、イヴァンは、首に絡まると危ないからと、実里の首からそっと鎖ごと指輪を外した。

そして、寝台の横の小机に置くと、ようやく自分の着ていたものに手をかける。

実里の服を丁寧に脱がせた時とは違う、手早い動きだった。

あらわになったイヴァンの体を目にした途端、実里はこの前の夜のことを思い出し、体を小さく震わせた。

「寒いのか?」

すぐに気づいたイヴァンが問う。

だが、本当のことを言えるわけもなく、

「大丈夫です」

そう答えたが、その声も少し震えていた。

この前は何をされるのか分からなかったから、何も考えなくて済んだが、今夜は違う。どんなことをするのか分かっているからこそ緊張して、体が震えてしまうのだ。

「緊張しているのか？」

言葉にはしなくても、イヴァンにはお見通しだったらしい。

言い当てられて、実里は頬を赤く染めた。

「……この前のことを、思い出してしまって…恥ずかしくて」

自分の淫らさを思い出し、恥ずかしくて仕方がなくなってしまう。

そんな実里に、イヴァンは優しく笑みながら、そっと体を重ねた。

「恥ずかしい、なんて思っていられるのは今のうちだけだ。すぐ、何も分からなくなる」

甘やかな声に実里は息を呑む。

「実里、目を閉じて……」

イヴァンの言葉におとなしく実里が目を閉じると、くちづけは両方の瞼の上に降ってきた。

触れるだけのくちづけは瞼から頬、鼻、唇へと向かい、そして首筋から胸へと下り、ささやかな尖りへと落とされた。

「あ……」

唇で捕らえた尖りを軽く吸い上げられ、実里の肌が粟立つ。

気持ちがいい、というわけではないが、刺激を受けてそこが芯を持ったように尖っていくのが分かった。

それが恥ずかしくて実里はイヴァンを呼んだ。

「侯爵様……」

「どうした？」

「そこは……あまり……」

問い返す声の響きはどこか淫靡で、実里はその声にも体を震えさせる。

「嫌か？」

女でもないのに、そこをいじられて乳首を尖らせてしまっているのが恥ずかしいだけだったが、それを説明するのも恥ずかしくて、実里はただ頷いた。

「そうだな。では、別の……実里が好きなところにしよう」

イヴァンは呟くように言うと、手をすっと下肢へと滑らせる。そして、実里自身を捕らえた。

「ぁ……」

「ここは好きだろう？」

からかうような響きを伴ったイヴァンの声に、実里は恥ずかしさをさらに募らせる。

「ビクビクして、硬くなってるな……」

手と言葉の両方で嬲られて、実里自身は急速に熱を帯びた。

「もう、溢れてきそうだ」

恥ずかしいのが嫌で、胸への愛撫をやめてもらおうとしたのに、今はさっきよりもさらに恥ずかしい。

恥ずかしくて、どうにかして逃れたいのに、イヴァンの手が淫らに動いて実里から力を奪ってしまう。

「……っ…あ、あ…侯爵、様…」

「気持ちがいい？　ああ、濡れてきたな」

先端に這わされたイヴァンの指がぬるりと滑る感触がして、実里は先走りの蜜を零してしまったことに気づいた。

それだけでも恥ずかしいのに、わざわざ言葉にされて、実里は泣きそうな顔をする。

「言わ…ないで……くだ、さい……っ」

哀願する合間にも指の動きは淫らさを増し、声が震えてとぎれとぎれになった。

「どうして？　本当のことなのに」

「……って、恥ずかしい……」

「でも、恥ずかしいのも好きだろう？」

まるで己の淫らさを見透かされたような気がして、実里は目から涙を溢れさせた。それにイヴァンは優しく笑みながら困った表情を浮かべた。

「泣かないで、いじめたわけじゃないんだ」

そう言って、優しく目尻にくちづけた後、イヴァンは小さなくちづけを頬や額に繰り返しながら、実里自身への愛撫を強めた。

「ぁ…あ、あ……っ」

先端の括れを揉み込むようにされて、強い悦楽が実里の体を走り抜ける。先端の窪みから溢れる蜜がイヴァンの指を濡らし、それを潤滑剤代わりにして指はさらに巧みに蠢き、実里を追い詰める。

「や……っ…ぁ、だめ、侯爵様……もう…っ」

「もう出そうなんだろう？　我慢せずに、出しなさい」

優しい声が最後を促してくれるが、自分の迎える終わりがあまりにも早いような気がして、実里は頭を横に振った。

「まだ、達きたくないのか？　じゃあ、先に後ろを慣らそうか。本当は一度達ってからと思っていたんだが」

イヴァンは実里自身から手を離し、そのまま後ろへと滑らせる。前から零れ落ちた蜜で濡れてはいたが、まだ堅く口を閉ざしているそこを、指の腹でゆっくりと撫で擦った。

「ぁ……」

「力を抜いて。大丈夫……この前もちゃんと気持ちよかっただろう？」

そう言われた途端、実里の項をざっと羞恥が駆け上ってきた。

後ろを指で慣らされながら、前を口でされて……。

前にされた時のことを思い出すのと同時に、体が受けた愛撫の甘さや悦楽を思い出し、

「や…っ…ぁ、あ、あっ」

実里の腰がビクリと大きく跳ね、触れられていなかった実里自身が勝手に弾けた。

「あ……あ、あ……」

「実里……」

少し困惑したような響きを伴った声で名前を囁かれ、実里は自分が遂げてしまったあまりにも恥ずかしい最後に顔を手で覆った。

「ごめ……なさ……、こんなつもりじゃ……」

想像だけで達してしまうなんて、どれだけ浅ましい体なのかと、きっとイヴァンも呆れ

たに違いないと思った。だが、イヴァンは、

「思い出しただけで出してしまうくらい、この前は気持ちがよかったのか?」

優しい声で問う。それに実里は顔を手で覆ったまま、小さく頷いた。

「そうか……。なら、今日はもっと気持ちよくしてやる」

イヴァンはどこか満足そうな声で言うと、絶頂後の余韻で弛緩していた蕾へゆっくりと指を突き入れた。

「ぁ……」

「大丈夫、一本ずつするから」

イヴァンはそう言ったが、実里の心配は別のところにあった。この前のことを思い出した体が、この後施される愛撫や、それによって湧き起こる悦楽への予感に、すでにざわめき始めていたからだ。

そして、その心配はすぐに現実のものになった。

「実里の体は、随分と物覚えがいいな……。まだ指を入れただけなのに、締め付けて、奥へ誘い込もうとしてる」

感嘆したような雰囲気を漂わせながら、イヴァンは中の指を少しずつ動かし始め、そして脆い部分を指の腹で撫でた。

「あ……っ…、や」

一度触れられて湧き起こった悦楽が呼び水になったように、体は次の刺激を欲しがって暴走を始める。勝手にうねるような動きをしてしまう肉襞に、実里は己の浅ましさを思い知って、涙を溢れさせた。

「ん……っ…、あ、あ」

だが、そんな心を裏切り、体は刺激を欲しがって揺れてしまう。イヴァンは悦楽を欲しがりながらも、つらそうに顔を歪めて涙を零す実里に甘く囁くように聞いた。

「実里、なぜ泣く……？」

「……だって……こんないやらしい体……、恥ずかしい……」

イヴァンと床をともにしたのは、一夜だけだ。なのに体が過剰なほど反応してしまう。それは己の体が――いや、性根が淫らなのだと、そう思うといたたまれなかった。

しかし、イヴァンは実里の告白に破顔した。

「恥ずかしがることはない。この前の夜、何度も実里を抱いたのは、私とこうするのを好きになってくれるようにしたかったからなんだ。実里は嫌かもしれないが、私は喜んでいるんだぞ」

イヴァンの言葉どおり、この前の夜の交わりは一度ではなかった。イヴァンの甘い声に促されるまま、何度も抱かれて――翌日、すぐに起き上がることさえできなかったのはそのせいだった。

「分かったら、泣かないで私のためにもっと可愛く声を出してくれ……。実里が私を愛してくれていると分かるように」

イヴァンはそう言いながら実里の中の指を弱い部分に押し当て、ことさら強く撫でる。

「あぁっ……あ、あ」

「そう、もっと聞かせて……」

うっとりとした声で囁きながら、イヴァンは実里の中を思うさまかき乱していく。そして肉襞が蕩けた頃合いを見計らい、指を増やした。

「ん……っ、あ、や……、ぁ、あ」

中でバラバラに動く指に散々声を上げさせられる。一度達した後は触れられていない実里自身も再び熱を孕み、新たな蜜を零していた。

それにイヴァンは薄く笑むと、ゆっくりと実里の中から指を引き抜く。

「……あ、あ…」

軽く曲げられた指先が肉襞を引っ掻きながら出ていくのに、実里は体をビクビクと震わせながら、自身から濃い蜜を垂らした。

その蜜を、イヴァンはそっと下からすくうようにして自分の手を濡らすと、実里に見せつけるように猛った己に塗り付けた。

「……っ……！」

その淫猥な光景に実里は喉を鳴らし、そんな実里の様子にイヴァンは目を細めた。

そして、実里の足を大きく開かせると、怒張を柔らかく綻んだ蕾へと押し当てる。

「入れるよ、力を抜いて……」

イヴァンに言われ、実里は震える唇から息を吐いた。その柔順さに愛しさを募らせながら、イヴァンはゆっくりと実里の中へと押し入る。

初めての時のように脅えからくる強ばりはなく、それどころか、満たしてくれるものの気配に期待してざわめき、誘い込むような動きでイヴァンを受け入れていった。

その心地よさに、一気に奥まで貫いてしまいたい衝動に駆られたが、狭い場所であることには変わりがなく、イヴァンは慎重に奥まで犯していく。

「あ……」

「これで全部だ、大丈夫か？」

すべてを収めたイヴァンが問うのに、実里は小さく頷いた。

「少し、動くぞ」

イヴァンは、ゆっくりと腰を揺らす。それは些細な動きでしかなかったが、受け入れている粘膜は敏感に感じ取り、喜悦して締め付けた。

「あっ、あ、あ……」

湧き起こる悦楽に実里が声を漏らし、その声につられるようにイヴァンは少しずつ腰の動きを大きくしていく。

「や……っ…あ、そこ……っ」

浅い位置まで腰を引いたイヴァンが、さっき指で弄んだ弱い場所で小さな抜き差しを繰り返すと、実里の体を鋭い悦楽が繰り返し襲った。

「あっ、あ、だめ、だめ……っ」

一気に熱が迫り上がってきて、体が震える。

「我慢しなくていい、達きなさい」

イヴァンはその言葉を言い終わる前に、一際強く実里の弱い場所を、己の先端で抉るようにして擦り上げた。

「あ……、あ、やっ」

堪え切れず、実里自身からビュルッと蜜が飛ぶ。だが、実里は自身へと手を伸ばすと、とっさに強く摑んで戒めた。

「ん……っ…あ、あ、あ……」

達している最中の自身を無理に戒めてせき止める苦しさともどかしさに、実里の唇がわななく。

その意外としか言いようのない行動に、イヴァンは眉を寄せた。

「実里……我慢しなくていいから…」

そう言って手を離させようとしたが、実里は小さく頭を横に振った。

「僕…ばっかり……。侯爵様、と……一緒が、いい……、やっ……、中…大きく……」

とぎれとぎれの言葉が告げた内容は、イヴァンを喜ばせるには充分過ぎた。

「実里、君は本当になんて可愛いんだろう……。分かった、とりあえず一緒に達こう」

イヴァンは嚙み付くようにくちづけると、実里の手の上から実里自身を捕らえた。

そして、強く戒めながら己の終わりを目指して、強く重い動きで律動を始める。

蕩けた肉襞をかき回すようにしながら穿つイヴァンの動きに、実里の体を信じられないような悦楽が駆け巡った。

堪え切れないほどの悦楽に、戒められた実里自身が切なげに先端を震わせる。

『一緒に終わりたい』と言ったのはついさっきのことだったが、もしイヴァンが実里の手の上から自身の手を重ねて戒めていなければ、実里は込み上げる悦楽に耐えられず手を離し、自分だけ絶頂に駆け上っていただろう。

「ぁ……あ、あ、あ」

切なげな声が唇から漏れる。

自分から言い出したことだが、それを反故にしてでも今すぐ上り詰めてしまいたいほどの悦楽が次から次へと襲いかかってきて、実里は身悶えた。

そして、イヴァンが一度大きく奥を穿った時――、

「あ……っ、あ、あ、あ、あ、ああっ」

実里の体が大きく震え、その後小さな痙攣が起こって手足が無意識に跳ねる。

イヴァンを受け入れている後ろも、達した時のようにビクビクと震えていた。だが、しっかりと戒められた実里自身はまだ達してはいなかった。

それでも、今実里が感じているのは紛れもない絶頂感だ。

「や……ぁ、あ、何、だめ、……ごかないで…また、や……ぅ、あ、ああっ」

中で少しイヴァンが動くだけでも、同じ感覚が繰り返し訪れる。

「後ろだけで、達したのか……」

感慨深げな声でイヴァンは言うと、ビクビクと悶える実里の腰を片手で押さえ付け、己の絶頂を目指し、傲慢な動きで実里を貪った。

「ひ……ぁ、あ、ああっ、あ、あ、あ」

襲いかかる凄絶なまでの絶頂に、実里の目の前が真っ白に塗りつぶされていく。

その中、イヴァンの低く呻くような声が耳に届き、次の瞬間、実里の体の中に熱い飛沫が叩き付けられた。

それに合わせて実里も解放されたのだが、長く我慢しすぎたせいか、自身からは勢いのない蜜がトロトロと零れて実里の体を汚していく。

「あ――ぁ、あ、……っ…ぁ」

力のない声を漏らしながらも実里の体の痙攣は止まらなかった。そして、開いているはずの目には何も映らず、視界と意識が白い靄に包まれる。

「実里、実里……」

呼びかける声と同時に頬を小さく叩かれて、実里の目に心配そうなイヴァンの顔が像を結んだ。

「ぁ……」

「大丈夫か?」

どうやら、半分意識を飛ばしていたと気づけたのは、イヴァンの顔をしばらくの間ぼんやりと見つめた後だった。

「……大丈夫…です。気持ち、よすぎて……ぼうっとしちゃって…」

思考力を失った実里は思ったままを言葉にする。それにイヴァンはほっとしたような表情を見せた後、実里の額に恭しくくちづけた。

「まったく、実里、君はなんて素晴らしい恋人なんだろう」

偶然とはいえ、後ろだけで達してしまった実里にイヴァンは感動すら覚えていた。しかし、当の実里はイヴァンの言葉の意味がよく分からず、ただ褒められたということに靄のかかった思考回路のまま、ぼんやりと笑う。

「僕も、侯爵様のことが大好きです……」

幼く思えるほどの真っすぐな言葉は、イヴァンの中で愛しさを増させる。それと同時に、実里の中に埋めたままのイヴァンも再び熱を盛り返し始めた。

「ぁ……」

敏感なままの体は、中で変化を遂げるイヴァンを感じるだけでも熱を呼び覚ましてしまうが、壮絶な絶頂を迎えたばかりの体は今すぐ挑まれることを望んではいない。

それが実里の表情にも出ていたのか、イヴァンは薄く笑みながら言った。

「安心しろ、実里が落ち着くまで、しばらくはじっとしている。……夜は長いからな」

淫靡な気配を纏った声が告げた通り、イヴァンはしばらくの間、動こうとはしなかった。

だが、その後実里は、声も精も出なくなるまで啼かされ続けたのだった。

5

「侯爵様、今日はどこへ行くんですか？」

馬車の隣に座したイヴァンを見ながら、実里は問う。

「どこだと思う？」

問い返され、実里は少し首を傾げた。

「ここを真っすぐ行けば浅草ですよね。浅草寺《せんそうじ》ですか？」

思い当たる場所を告げた実里に、イヴァンは薄く笑って首を横に振った。

「浅草は正解。浅草にもう一つ、有名なところがあるだろう？」

「もう一つ……、あ、十二階？」

実里の言葉に、イヴァンは深く頷いた。

「正解。行ったことはあるのか？」

「ずっと前に、大滝さんに連れてもらって二回行きました。少し前に、機械で上に昇れる箱ができたんでしょう？　えっと……」

「エレベーターのことだな」

「はい、確かそんな名前の機械！　わぁ……久しぶりだなぁ」

以前、大滝と行った時のことを思い出して、実里は楽しみになった。

浅草十二階は、正しくは浅草凌雲閣《りょううんかく》という。十二階建てなので、十二階、と実里たちは呼んでいた。

十二階へは、大滝に引き取られてすぐの頃に連れていってもらった。上から見る景色が素晴らしかったし、建物の中では珍しいものがたくさん売られていて、まるで宝箱を開いたような場所だと思った。

満面の笑みで楽しみにしている様子を素直に表す実里の頭を、イヴァンは優しく撫でる。

十日前、雪で帰宅を阻まれ、柳沢の離れでちゃんと思いを伝え合ってから、二人の関係は以前に増して睦まじかった。

あの翌日、月影楼に帰る実里に同行したイヴァンは、大滝に帰らせることができなかったことを詫びるのと同時に、二人の間にあったことを隠さずに報告した。

実里は大滝が怒るのではないかとひやひやしていたのだが、大滝はあの雪では帰ることができなくても無理はないし、泊まったならそうなるだろうと予想していたらしい。

そのことを隠さず報告したことで、逆に大滝はイヴァンの誠実さを認め、二人のことはそれぞれの自覚に任せる、と言ってくれたのだ。

それまでも、イヴァンと会うことは認めてくれていたのだが、やはりどこか不承不承という雰囲気もあったし、実里も気にしていた。

だが、大滝が任せると言ってくれたことで、イヴァンとのことを許してもらえたようで実里はとても嬉しかった。

もちろん、任せると言われたからといって、羽目を外してしょっちゅう泊まりに行くようなことはしないのだが、ちゃんと見守ってもらえているのだと思うと、やはり気持ちが違う。

――大滝さんに安心してもらえるように、もっとちゃんとしなきゃ……。

今まで以上にお店のことも手伝って、大滝の手助けをしたい。

イヴァンに対するのとはまったく別の意味で、実里は大滝のことが大好きだった。

十二階は昔と同じような豪華さでそこにあった。

記憶にあった場所と少し違うのは、中に入っている店が違うからなのだろう。それに昔はエレベーターなんてものもなかった。

エレベーターが通じているのは八階までで、実里は生まれて初めてイヴァンと一緒にエレベーターに乗り、八階に向かった。

自分のいるところはただの箱の中なのに、扉が開くと別の場所になっていて、それはとても不思議だった。

降りた階の窓から外を見ると、確かにそこは随分と高い場所で、本当に上まで来たんだと実里はやっと実感する。

「まるで手品みたいだなぁ……」

呟く実里に、イヴァンは微笑ましそうな表情を浮かべた。

「手品、か。随分可愛いことを言うんだな」

「侯爵様は、そうは思われませんか？」

実里の問いに、イヴァンは小さく頭を横に振った。

「残念ながら、機械の仕組みを知ってしまっているからな。物事の仕組みを知るということは大事だが、知りすぎると夢や想像力を奪われるようだ」

「でも、物知りなのはいいことですよ。僕はあまり勉強が得意じゃないから、侯爵様みたいにいろんなことをご存じなのは、とても凄いと思います」

「実里は勉強が得意じゃないと言うが、そんなことはないと思うよ。ロシア語は随分と覚えただろう？」

実里にロシア語を教えているイヴァンだが、実里はとても覚えがよかった。『学校での勉強』は不得意だったかもしれないが、自分の興味のあることは貪欲に覚えるタイプらしい。

「それは、侯爵様の教え方がいいからですよ」

「確かにそれは否定しないがな」

イヴァンは笑う。

イヴァンが楽しそうだと、実里はとても嬉しい。

そして、イヴァンは実里が楽しそうなのが嬉しいのだ。

互いを思い合う気持ちは、世間の男女よりも強いのかもしれない。

二人は楽しげに話をしながら十二階の中を歩き、ある店の前で実里は足を止めた。

「実里、何か気になるものがあるのか？」

イヴァンは、実里の視線の先にあるものを見る。

それは飴細工の店だった。犬や馬などいろいろな形に細工された飴だけではなく、普通の飴玉なども売っている店だ。

「飴が欲しいのか？」

そう問われ、実里はそっと指をさしながら言った。

「いえ、そうじゃなくて……、あの飴」

実里の指の先にあったのは、なんの変哲もないべっこう飴だった。

「あの飴がどうかしたのか？」

「侯爵様の目の色と同じだと思って……」

「私の目と……？　ああ、そう言えばそうかな」

「初めて侯爵様とお会いした時に、べっこう飴みたいな綺麗な目をなさってるって、思ったんです」

そう言った実里に、イヴァンは笑った。

「おいしそうだと思ったわけだ」

「え……。いえ、そんな風には」

頭を横に振る実里に、イヴァンは、

「私の目を食べさせるわけにはいかないからな。少し待っていなさい」

店主に声をかけてべっこう飴を買い求めた。

「はい、これで我慢して」

イヴァンは買ったべっこう飴の袋を実里へと差し出す。実里一人で食べるにはいささか多すぎる量だ。

「こんなにたくさん……」

「一日で食べなくてもいいだろう？　店のみんなに分けてもいいんだし」

その言葉に、そうか、と納得して、実里はさっそく一粒取り出すと、イヴァンの方へと差し出した。

「まずは、侯爵様と分けます。どうぞ」

「では遠慮なく」

イヴァンは受け取った飴を口の中へと入れる。それを見てから、実里は自分の口にも飴を入れた。

「おいしい……」

特に変わったこともないただのべっこう飴なのに、イヴァンと一緒に食べていると特別おいしく思える。

「さぁ、次はどこへ行こうか……」

喜んでいる様子の実里に目を細め、イヴァンがそう言った時のことだった。

二人の様子をちらっと見た二人組の男が、通りすがりに聞こえよがしに言った。

「男でも、らしゃめんって言うのかねぇ」

その言葉に、連れ合いらしいもう一人が笑う。だが、言われた言葉に実里は眉を寄せた。

――らしゃめん……。

それは、日本にいる異人の正式な妻ではない――つまり異人が日本にいる間だけの妾をさしていう侮蔑的な言葉だ。

イヴァンと一緒にいる自分のことを揶揄したのだとは分かったが、思ってもいなかった言葉に実里はただ呆然とするしかなかった。だが、

「待ちなさい」

イヴァンは通りすぎようとした男の肩を強く摑んで引き留める。

「な……なんだよ」

「あなたは今、私の連れ合いのことを侮辱しましたね。彼にあやまりなさい」

イヴァンの声は、さっきまで実里と話していた時とは違う、底冷えのするような響きを持っていた。

「あやまれだぁ……? なんで俺がそこのガキにあやまる必要がある。だいたい、おまえら異人が日本で威張ってんじゃねぇよ」

男はあやまるどころか、吐き捨てるようにそう言うと、視線を実里へと向けた。

「それにな、そのガキ、月影楼の禿じゃねぇかよ。あんたが水揚げでもしてやったのか?異人はさぞかし――」

男がそこまで言った時、イヴァンは固めた拳で男を殴りつけた。

殴られた男がよろけて、通りがかった女性に当たる。それに女性が声を上げ、その声に周囲の人々の視線が集中した。

「てめぇ、何しやがんだ！」

「ただで済むと思ってんのか！」

殴られた男とその連れが、怒鳴りながらイヴァンに詰め寄る。

イヴァンは実里をさっと自分の背後にして守ると、

「彼への侮辱は私を侮辱したのと同じだ。私は何よりも己の誇りを重んじる。それを傷つけられて黙っていることなど一切しない」

男たちに向かって、この場での決闘を申し渡しかねない様子で言った。

イヴァンに男たちも煽られ、

「黙っていないならどうするって？」

「どうするのか言ってみやがれ、この毛唐！」

勢い込んで口にする。それにイヴァンが口を開くより早く、実里は両者の間に割って入った。

「こちらの方は、柳沢男爵の食客でいらっしゃる、ロシアのサルトゥイコフ侯爵閣下です」

実里が口に出した柳沢の名前に男たちの顔色が変わる。

「僕が月影楼の者だとご存じなら、柳沢男爵と、月影楼の……僕の養父《ちち》である大滝が懇意だということもご存じのはず。柳沢男爵と養父を怒らせたくなければ、ここで引き下がった方がよろしいのではありませんか？　侯爵閣下に何かあれば、結果的にあなた方のご家族にまで不都合が起きるかもしれません」

半ば脅しとも取れる実里の言葉に、男たちは気まずい様子で互いの顔を窺い合う。

「お分かりいただけたみたいですね。侯爵様、行きましょう」

実里はそう言ってイヴァンの腕を掴むと、足早に男たちから離れた。そして別の階に下りたところでようやく足を止め、息を吐いた。

「追いかけてきませんね。よかった……」

イヴァンを見上げて言った実里は、安堵に今にも崩れ落ちそうな様子だった。

「実里、あんなことを言われてなぜ止めた」

イヴァンは少し眉を寄せ、実里に聞いた。

「すみません……。でも、ことが大きくなれば、侯爵様に余計ご迷惑がかかります。……日本での異国の方への偏見は今でも大きくて、だから……」

実里は俯いて、小さな震える声で告げる。それは、先刻のあの男たちに毅然とした態度

で立ち向かった様子とはまったく違っていた。

「私のことを、考えてくれたのは嬉しい。だが、実里のことをあんな風に言われて、何もせずに引き下がるなんて……」

「侯爵様が、そう思って下さっただけで僕は充分です。それに、すぐに僕をかばって下さったじゃないですか」

男娼として働いているわけではないのに、月影楼にいるというだけで、理不尽な言葉をかけられたことは何度もある。

いつから客を取るのかと問われたこともあるし、大滝専用の男娼なんだろうと聞こえよがしに噂する者もいた。

だから、そういったことには慣れていた。

だが、イヴァンとはちゃんと好き合っているつもりでいたから『らしゃめん』と言われたことには愕然としてしまったのだ。

——やっぱり、周囲からはそう見えるんだろうな……。

それが、実里には何よりもショックだった。

その後は、楽しかった気分が急にしぼんでしまって、結局いつもよりも早い時刻に実里は月影楼に帰ってきた。

イヴァンは今日のことを大滝に話しておいた方がいいと言ったのだが、何もなかったのだからと実里は断った。

「ただいま戻りました」

表から店に入ると、奥から番頭が出てきた。

「お帰りなさい、実里さん。旦那様が、お戻りになったら離れの書斎へと」

「分かりました」

そう返事をして、実里は離れへと向かう。そして、大滝の書斎の前で小さく深呼吸をしてから扉を叩いた。

「大滝さん、ただいま戻りました」

そう告げると、すぐに中から『入りなさい』と声が聞こえ、実里は扉を開けて中に入る。

大滝は机で帳簿を見ていたが、実里が入ってくると手招きで呼び寄せた。

「今日は随分と早く戻ったんだな」

「……凄く早いというわけじゃないと思いますけど」

「途中で邪魔が入って、とても逢瀬を楽しむ、という気分ではなくなったか？」

おもしろがるような口調で大滝が言うのに、実里は目を見開いた。

「大滝さん……」

「そう驚くな。十二階でたまたまおまえ達の大立ち回りに出くわした奴が、さっき俺に報告をしてくれたところだ。俺が聞いた話じゃ、何やらおまえに因縁をつけた二人組がいて、その片方を侯爵が殴りつけたっていうじゃないか？　そのまま乱闘になりそうなのを、おまえが鶴の一声で治めたってな。まるで冒険活劇にでも出てきそうな大活躍だったと言っていたぞ」

「そんな大袈裟なことじゃありません」

実里はそう言って俯く。

「大袈裟じゃないなら、何があった？　たいしたことじゃないのに、あの男が人に手を上げるなんてしなさそうだがな」

大滝は実里に、実際のところの説明を促した。

「……侯爵様と一緒にいたところを見た男の人が、通りすがりに僕を中傷したんです。その言葉に侯爵様がとてもお怒りになって」

「なんて言われたんだ？」

「それは……」

言いあぐねる実里に、大滝は言葉を続ける。

「あの男が人を殴りつけるくらいの、どんなことをおまえは言われたんだ？　言いなさい」

それでも実里はしばらく黙していたが、再び促され、重い口を開いた。

「男でも、らしゃめんって言うのかと……」

実里が言った言葉に、先程までおもしろがっていた様子の大滝の顔が一変した。

「……実里！ そいつら、どんな顔をしてた！」

「大滝さん……」

「言うにことかいて『らしゃめん』だと！ ふざけやがって、ただでおきゃしねぇぞ！」

激高した大滝を、実里は慌てて止める。

「もう、いいんです。顔だって覚えてないし、そのことに関しては侯爵様が……」

「それで奴は殴ったのか。ふん、そいつらは殴られて当然だ。むしろそれだけで済んだことを喜ぶべきだな」

大滝は吐き捨てるように言った後、小さく息を吐いて実里を見た。

「まぁ、いい。おまえを呼んだのは、その時におまえが俺を喜ばせるようなことを言ったと聞いたからだからな」

「大滝さんを喜ばせる、ですか？」

あの時に何を言ったかなど、実里は覚えていない。柳沢と大滝を怒らせたらどうなると思うのかと、脅したような気はするのだが、それの何が嬉しいのか分からなかった。

「おまえ、俺のことを『養父《ちち》』と言ったそうじゃないか」

「あ……。ごめんなさい、勝手に……」

そういえば、そう言った気がする。実里は思わずあやまったが、大滝は首を横に振った。

「いや、おまえが俺のことを世間にそう言ってくれたのが嬉しかったよ。親父らしいことは何一つしてやってない気がしてたから、余計にな」

大滝は笑みを浮かべると、言葉を続けた。

「今日のことがあったから言うわけじゃないんだが、おまえに店の手伝いをさせるのはやめようと思ってる」

「大滝さん……？」

「といっても、座敷へものを運んだりするのは、ということだ。そういうことをさせているから、おまえのことを店の商品として見る輩もいるだろうしな。おまえには、いずれ俺の跡を継いで店を任せたいと思ってる。だから、経営の方の手伝いをさせたいんだ」

大滝の言葉に、実里は急いで頭を横に振った。

「そんな、経営なんて、僕には無理です……！」

「やってみないと分からないだろう？　それに、何も今すぐおまえに全部を任せるつもりはないし、どうやっても向いてなければ俺も諦める。とにかく、今夜からは店に出なくていいぞ」

大滝はそう言った後で、冗談めかした口調で続けた。

「ついでに、これから俺のことを『お父さん』と呼んでみないか？」

「大滝さん……」

「気が向いたらでいいがな。明日から、おまえにはいろいろ教える。今夜はゆっくりしてろ」

大滝はそう言うと、実里に下がるよう促した。

実里は素直に従って部屋を出たものの、すぐに自分の部屋へは戻れなかった。

町で言われたことのショックと、大滝にいずれは店を任せると言われたことへの驚きとでどうにも気持ちが落ち着かなくて、実里は気が付けば桔梗の部屋の前に立っていた。

「桔梗さん、実里です。少しいいですか？」

「いいよ、入っておいで」

「お邪魔します」

襖戸を開けて中に入ると、桔梗は手紙を書いていたところらしく、文机の上には便箋が置かれていた。

「お手紙、書いてらっしゃったんですか？」

「うん、里の家族にね。……浮かない顔をしてるけど、侯爵と何かあったの？」

「え……？」

「今日は侯爵と出掛けてたんだろう？　いつもはもっと嬉しそうにしてるからね」

桔梗はお見通しらしく――それに無意識にとはいえ、桔梗に相談したくてここに来ていたのだ。実里は桔梗に、十二階であったことや、大滝に言われたことを話した。

一通り聞いて、桔梗は少し間を置いてから言った。

「お店のことについては、大滝さんは前々からそのつもりだったみたいだよ。今すぐ全部を任されるわけじゃないんだし、やってみるだけやってみればいいんじゃないかな。それから侯爵とのことだけど……」

言いかけて桔梗は一度言葉を切ると、どう切り出そうかと考えるような表情を見せてから、ゆっくりと続ける。

「侯爵が実里のことを心から思っていることは疑わなくていいと思うんだ。とてもいい人だと思う。でも、やっぱり侯爵は異人なんだよ。仮に実里が女性だったとしても、らしゃめんって言われてしまうと思う。侯爵がずっと日本にいるとは思えないし、いずれ自分の国へ帰ってしまうかもしれないだろう？」

「桔梗さん……」

「二人の気持ちがどうこうっていうわけじゃないんだよ。ただ、侯爵は貴族だし、やっぱり住む世界の違う人だ。二人の気持ちだけじゃどうにもならないことも起きるかもしれない。だから、もしかしたらっていうことも、覚悟しておいた方がいいと思う」

桔梗に言われて、実里は体から力が抜けそうになった。

それは、これまでにも漠然と思っていたことだった。

イヴァンは異人で、貴族で、どうしたって自分と釣り合うはずがない相手だと。

けれど、イヴァンに大切にされるうちに、忘れていた。

ずっと、イヴァンと一緒にいられると、思いかけていた。

「そうですよね……、侯爵様がずっと日本にいるなんて、ありませんよね」

「それは、分からないけれど……でも、たいていの異人さんは、国へ帰ってしまうから」

桔梗の言うことは、すべてが当たり前のことだった。

その当たり前のことを忘れてしまうほど、イヴァンと一緒にいるのは楽しかった。

「実里、大丈夫？　ごめん、余計なことを言ったね」

「そんな、余計なことだなんて……。もともと、そう思ってはいたんです。ただ、忘れてただけで……」

実里は急いで頭を横に振り、そして思い出したように着物の袂に入れていた飴の入った紙袋を取り出した。

「これ、今日、侯爵様に買っていただいたんです。一人じゃこんなに食べられないから、おすそ分け……」

実里が取り出した紙袋にぎっしりと入っているべっこう飴に、桔梗は笑う。

「本当にたくさんだ……。じゃあ、遠慮なく」

桔梗は一粒取ると、口に入れた。

「甘くて、おいしい」

「もっと、取って下さい」

「ありがとう。でも、みんなにも分けるんだろう？ そうしたらあっという間になくなっちゃうよ。せっかく侯爵が買って下さったんだから、大切にお食べ」

桔梗は差し出す実里の手を、そっと両手で押さえる。

桔梗の手はとても柔らかで温かくて——なぜか急に涙が出そうになった。

だが、それを堪えて、実里は、はい、と小さく頷くと、紙袋を再び袂にしまう。

「それにしても、今年も寒いねぇ……。毎年、本当に春はくるのか疑いたくなるよ」

桔梗はそう言いながら、視線を窓の外へと移した。

実里は桔梗に気づかれないように目に溜まった涙を拭う。

涙を拭いながら、桔梗は気づいていない振りをしてくれているんだろうと、そう思った。

イヴァンとは、翌日からもこれまで通りに会った。

変わったのは、会うのが外ではなくてほとんど柳沢の家の離れになったことだ。

イヴァンは、外で会っても寒いから、と言っていたが、実際のところはこの前のことがあったからだろうと思う。

だが、深くは実里も問わなかった。

ただ、あの日からずっと実里の胸に、一つのことが刺のように刺さっていた。

それは『いつかイヴァンは自分の国へ帰る』ということだ。

そう思うと寂しくて、夜にそんなことを考え始めると眠れなくなってしまう。

だからといって、イヴァンに聞くことも怖くてできなかった。

「実里『グヂェーヴィ　ブィーリ　フチラー？（昨日はどこへ行きましたか？）』」

「えーっと、『ヤー　ブィール　ポーチタ（郵便局へ行きました）』」

ぼんやりと窓の外を見ている実里に、隣に座したイヴァンが不意にロシア語で話しかけた。実里が慌てて考えながら返すと、イヴァンは満足したような笑みを浮かべる。

「本当にロシア語が上手になったな」

「そうですか？」

「ああ。今みたいに、急に話しかけても答えられるようになったじゃないか」

イヴァンに褒められたのが嬉しくて、実里は笑う。

「でも、ロシア語を覚えても、侯爵様は日本語がおできになるし、僕、使うことがないんじゃないかと最近思うようになったんですけれど……」

そう言うと、イヴァンは至極真面目な顔をした。

「いいや、そんなことはない。実里は恥ずかしがりだから、人がたくさんいるところで『愛してる』と言えないだろう？　そんな時に『リュビーチ』と言ってくれればいいじゃないか。そうすれば、私と実里だけに通じる」

「もの凄く片寄った使い方ですね」

実里がそう言うと、イヴァンは笑った。そのイヴァンに、実里はさりげなさを装って続けて聞いた。

「侯爵様は、いろんな国を旅していらっしゃるんでしょう？　自分のお国にはお戻りにならなくてもいいんですか？」

実里の問いに、イヴァンは少し考えるような仕草で首を傾げた。

「今のところ、帰るつもりはないな」

『今のところ』。それはイヴァンの正直な返事なのだろう。

今は、帰るつもりはない。裏を返せば、いつかは帰るかもしれない、ということだ。

そう思うと、寂しさが急速に実里の中に広がっていった。

「どうかしたのか?」

寂しさから不安になったのが表情に出ていたのか、イヴァンは少し心配そうに実里に問う。それに実里は頭を横に振った。

「いえ、なんでもありません。そうだ、侯爵様、小説の続きを読んで下さいませんか?」

実里はごまかすように、イヴァンにねだる。

実里がいつも小説の続きを楽しみにしているのを知っているイヴァンは、特に疑うこともなく、本を手に取ると栞を挟んだページの続きを読み始めた。

物語はアンナとウロンスキィの仲が、アンナの夫であるカレーニン伯爵にばれてしまったところだった。ウロンスキィと生活をしたいと願うアンナと、それを許さないカレーニン伯爵。そんな中で、アンナは病に倒れてしまうのだった。

病に倒れたアンナの傍らに駆け付けるウロンスキィの姿にカレーニン伯爵は二人のことを認め、身を引くことを決意する。

「アンナはウロンスキィとともに、新天地へと旅立った。……終わり」

イヴァンは小説を閉じた。

「え……？　そこで終わりなんですか？」

あまりに唐突過ぎる終わりのような気がして、実里は首を傾げる。

「ああ、終わりだ。二人が幸せになったんだから、おかしい終わりじゃないだろう？」

イヴァンはそう言ったのだが、実里は納得がいかなかった。

「でも、今読んでいらっしゃったの、まだ途中のページでしたよ？　結構ページが残っていたのに……」

「後は別の話の短編が載ってるだけだよ。読んだけれど、あまりおもしろくはない」

イヴァンはそう言うと、実里を抱き寄せる。

「実里のおねだりを聞いたご褒美に、今度は私の願いを聞いてくれないか？」

そんな風に言いながら、イヴァンは抱き寄せた手を、肩から腰へと淫靡な気配のする手つきで撫で下ろした。

「……『お願い』の内容が、なんとなく分かってしまうんですけれど」

「さすがは実里だな。私のことをよく理解してくれている、理想の恋人だよ」

笑いながらイヴァンは、実里の頬にくちづける。

「す……するんですか?」

「可愛い恋人と一つの部屋で二人きりで過ごして、よくこの数日を理性的に過ごせたと自分でも感心してるんだが、どうやらそろそろ理性も限界らしくてね。紳士的だった私に、ご褒美をくれないか?」

鬼でも誘惑してしまいそうな魅惑的な笑みを浮かべるイヴァンに、実里が逆らえるはずがなかった。

「でも、大滝さんに……」

「大滝には『自覚に任せる』って言われただろう? そろそろだと思ってるさ」

確かに、あれ以来イヴァンのところには泊まっていないし、そういうこともしていないから、そろそろだと言われたらそうなのかもしれない。

けれど、どうしても恥ずかしさがついて回るのだ。

「でも……」

「大滝には私が叱られてあげるよ。いい子だから、唇を閉じて。君が次に唇を開く時は、可愛く喘いでくれる時だけでいいよ」

耳元で囁かれた声は淫靡な気配を纏っていて――実里はそれ以上抗うことはできずに、イヴァンから送られる甘いくちづけに溺れるしかなかった。

「じゃあ、お客様のほとんどがツケなんですね」

「ええ、ほとんどの方はそうです。月末に手前どもが代金をいただきに行くこともございますが、うちの場合、いらっしゃるお客様方がお客様方ですから、あちらの使いの方が支払いにいらっしゃいます」

大滝に、経営のことを学ぶようにと言われてから、実里は番頭に帳簿を見せてもらったりしながら真面目に勉強していた。

その時、不意にどこかで子供の泣く声が聞こえて、実里はそれに気を取られる。

「また子供達が悪さでもしたんでしょう。あの声は新入りですね」

番頭は苦笑する。

◇◆◇

実里が店でお運びをやめてしばらくした頃、大滝は新しい子供を一人引き取ってきた。

まだ八つの、ほんの小さな子供だった。

「ごめんなさい、ちょっと見てきます」

実里はそう言って、泣き声のした縁側の方へと向かう。

縁側では、下働きの少年たちが座っておやつに出たふかし芋を食べていたが、新入りの子供は何も持たずに泣いていた。

「みんなで分けて食べなさいって言われたんじゃないの？」

実里が見咎めて言うと、年かさの少年たちは慌てて全部を口の中に入れてしまった。

それを見て、新入りは一際大きな声で泣き始める。

「だってそいつ、掃除もちゃんとできないんだぜ！　おやつだけ一人前なんてずるいよ！」

そう言ったのは、下働きの中では中ほどの歳の子供だ。

月影楼での食事は決して少ないわけではないが、育ち盛りの彼らにとっては、食べ足りるということはないらしく、食事に関係したことでの諍いは多かった。

これまでは彼らと一緒に実里が食事をして采配を振るっていたので、あまりこういうことはなかったが、ケジメをつけるためにと大滝に言われて彼らと食事をしなくなってからは、二日に一度は騒動が起きる。

「仕方がないだろう？　まだ入ったばかりで仕事に慣れてないんだから。ちゃんとできるように教えるのは、年上の仕事だよ」

実里がそう言うと、少年たちはみんなおもしろくなさそうな顔をしたが、実里はそれ以上、彼らを責めることはせず、代わりに泣いている新入りの頭を撫でた。

「ほら、泣き止んで。お芋の代わりにこれをあげようね」

実里は着物の袂から紙袋を取り出すと、その中からべっこう飴を取り出し、一粒、新入りの口に入れてやる。

「あー、いいなぁ！」

他の少年から声が上がった。

「みんなはお芋を食べただろう？　この子は食べてないんだから。ほら、おやつを食べ終わったんなら、部屋に戻って休んでおいで。今夜も忙しくなるからね」

そう言って実里は少年たちを下がらせる。

そうしないと、新入りの口から飴を取り出してでも奪いかねないからだ。

実里は新入りの隣に腰を下ろし、自分の口にも飴を一つほうり込む。

イヴァンに買ってもらったべっこう飴はあんなにたくさんあったのに、桔梗が言った通り、みんなに分けたらあっという間になくなって、手元には数える程度しか残っていない。

——あんなにたくさんあったのにな……。

人に分けたりすることが惜しいというわけでも、それを後悔しているわけでもない。

大切にしていても、こんな風に少しずつなくなっていく。

それは時間も同じことなのかもしれない。

イヴァンと後どれくらい一緒にいられるのかは分からないが、一緒にいられる時間を不安に駆られて過ごすのではなく、楽しく過ごした方がいいに決まっている。

いつか、イヴァンが国へ戻る時がきても、後悔をしないように。

口の中で少しずつ小さく溶けてなくなっていくべっこう飴を舐めながら、実里はそう胸に決めた。


その夜、月影楼にはイヴァンの姿があった。

昼間、実里と会えない時にイヴァンが来るのはそう珍しいことではない。そしてイヴァンが来ている時だけ、実里は座敷に出た。

「やっと来たね。さっきまで大滝に絞られていたところだよ」

笑いながらイヴァンは部屋に来た実里を迎え入れる。

「この前のことでですか？」

「そう、あの次の日にさんざん絞っておいて、まだ足りなかったらしい」

そんなことを言いながらも、イヴァンは楽しげだった。

大滝とは多分、別の話でもしていたのだろう。最近では、大滝はイヴァンのことを認めているし、言い争いをするような雰囲気はまったくなかった。

「僕の代わりに叱られて下さる約束ですからね」

実里は笑いながら、イヴァンの近くに腰を下ろしてお酌を始める。

イヴァンが来たからといって、特別に何かを話したりすることは今ではほとんどない。

互いの存在を近くに感じるだけで充分だった。

お銚子が一本空いた頃、イヴァンはそっと実里を抱き寄せた。

「侯爵様?」

顔を見上げると、イヴァンは真面目な表情で実里を見つめ、ゆっくりと口を開いた。

「この前、私にロシアに帰らないのか、と聞いただろう?」

「……ええ」

「今は、いつ帰るかは決めていない。だが、いずれ戻らなくてはいけないことは事実だ」

イヴァンが口にした現実に、実里は小さく頷いた。

「……分かっています」

「もし、その時がきたら――」

もし、その時がきたら。

それは考えたくはないけれど、今から覚悟をしておかなくてはいけないことだ。

実里はイヴァンの言葉を待った。

そして、イヴァンが口にしたのは、

「私と一緒に、ロシアに来てほしい」

実里が思いもしなかった言葉だった。

「侯爵様……?」

「実里と離れて過ごすなんて、想像できない。大滝にも、さっき相談した。大滝は実里が望むようにと、そう言っていた。……実里、私と一緒に来てくれないか?」

イヴァンの言葉に、実里はすぐには返事ができなかった。

日本を離れて――育ててくれた大滝の元を離れて、イヴァンとロシアへ行く。

もちろん、今すぐではないし、いつになるかは分からないが、それでも日本を離れると思うと不安が胸を過る。

だが、イヴァンと別れられるかといえば――。

「……侯爵様と一緒に、行きます」

悩んで、実里はそうはっきりと言った。

「実里、本当にいいのか？」

実里の返事を聞いたイヴァンが、今度は逆に迷った顔をする。そのイヴァンに実里は深く頷いた。

「侯爵様のそばに、ずっといさせて下さい」

そう言った実里を、イヴァンは強く抱きしめる。

「それは、私のセリフだ。実里、ずっと私のそばにいてくれ」

思いを込めたイヴァンの言葉に、実里は、はい、と返事をしながら、イヴァンの腕の中で目を閉じた。

イヴァンと、ずっと一緒にいる。

たとえどこであっても、イヴァンと一緒にいたい。

それが、今の実里の一番の望みだった。

だが、二人がともにいることを誓い合ったわずか数日後、思ってもいなかったことが起きた。

それは、ロシアで革命が起きたという報せだった。

「皇帝の退位を求めて民衆が暴動を起こしたらしい」

「皇帝の退位を、ですか?」

柳沢の言葉に実里は眉を寄せた。

革命が起きたという報せが入ってから、イヴァンはロシアにいる家族と連絡を取るために奔走をしていて、実里と会う時間は極端に減っていた。

今日は四日ぶりに会いにきたのだが、イヴァンはまだ屋敷には戻っておらず、代わりに柳沢が母屋のサロンで実里の相手をしてくれていた。

「いわゆる貴族階級と一般市民との間の貧富の差というものが随分と広がっていてね。それに対する不満がある中で戦争が続いて余計に市民の負担が重くなり、とうとう、ということらしい。皇帝は退位し、ご家族とともに捕らえられたらしい」

ロシアで革命が起きたと聞かされても、実里は『凄いことが起きた』としか理解できなくて、実際にはどういうことになっているのかが分からなかった。

イヴァンに聞くこともためらわれて、何も分からないままだったのだが、柳沢の説明でなんとか事情が呑み込めた。

「皇帝のご家族が……。では皇帝の親戚に当たるという侯爵様のご家族も……」

「そう、だからイヴァンは家族の安否を確認するために、なんとか連絡を取ろうとしているんだ」

柳沢がそこまで話した時、イヴァンが帰ってきた。

サロンに入ってきたイヴァンは、実里が見たことがないほど疲れた顔をしていて、実里はその様子に言葉を失う。

だが、イヴァンはそこに実里がいるのに気づくと、すぐにいつもの笑みを浮かべた。

「実里、待たせてしまったようだな。すまない」

「いえ……」

実里はそれ以上言葉にできなくて、ただ頭を横に振る。その実里に代わって口を開いたのは柳沢だった。

「こんな可愛い実里くんを待たせるとは、恋人失格だぞ、イヴァン」

「大滝には黙っていてくれ。何を理由に実里との仲を引き裂こうとするか分からないからな」

笑いながら言う柳沢に、イヴァンも笑みながら返し、そして視線を実里へと向けた。

「実里、離れに行こうか」

イヴァンの言葉に実里はただ黙って頷き、イヴァンと一緒にサロンを出て離れへと向かった。

離れで二人きりになって、最初に口を開いたのはイヴァンだった。

「柳沢から、何か聞いたのか?」

「え……」

不意の問いに、実里は戸惑いを隠せずにイヴァンを見る。イヴァンは長椅子に腰を下ろしながら言った。

「私を、とても悲しそうな目で見ている。私の国の……家族のことを、聞いたんだろう?」

「……はい。おうちの方が、危険かもしれなくて、それで侯爵様が一生懸命連絡を取ろうとなさっているって」

答えた実里に、イヴァンは手で自分の隣に座すように促す。

「革命が起きて、市民の暴動の矛先は貴族へと向けられている。私がここ数年、ロシアを出て外国を転々としていたのは、仮に国でそういうことが起こった時にどこでなら家族が逃げて無事に過ごせるか、その場所を探すためでもあったんだ。まさか、こんなに早くその時がくるとは思わなかった……」

「侯爵様は、こうなるって、知っていらっしゃったんですか?」

イヴァンの言葉に、実里は驚いた顔を見せた。

「知っていた、というわけじゃない。ただ、日本との戦争に敗れて以降……いや、以前から何度も暴動は起きていたんだ。一時期持ち直して、ほとんどの貴族は多少の危機感を覚えてはいても、楽観視していた。だが、私はそうは思えなかった。だから、そのために備えていたんだ。何も起こらなくても、その時は準備が無駄になるだけで済む」

そう言ったイヴァンからは、苦悩が見て取れた。

「ご家族の方とご連絡は……」

「まだ、取れていない。途中で何人も介してでしか連絡はできないだろうし、今の祖国の状態を想像すれば、簡単なことではないだろうと分かっているからな」

ため息をつくイヴァンに、実里はどんな言葉をかければいいのか、そしてどんな風に接すればいいのか分からなかった。

——僕には、何もできない……。

自分の無力さが実里は歯痒くて仕方がない。

だが、そんな実里をイヴァンはそっと抱き寄せて、己の胸に強く抱きしめた。

「侯爵様……」

「国での報せを聞いてから、毎日不安で仕方がない。余計なことばかりを考えてしまって

——けれど、実里といる時だけは忘れられる。実里がいてくれるだけで、救われる気がす

るんだ。……しばらくこうしていてくれ」

苦しさの交じる声で告げられた言葉に、実里は抱きしめるイヴァンの腕にそっと自分の手を重ねて添える。

ただ、そばにいることしかできない自分。

それだけでいいと言ってくれるイヴァンの言葉は嬉しかったが、自分にできることは何もないと痛感して、そのことが余計につらかった。


イヴァンの家族との連絡がついたのは、一カ月以上が過ぎてからのことだった。

幸い、家族は皆無事らしかった。

「モスクワなどの大都市では随分な混乱があったらしいが、我が家の領地が地方だったことと領民から必要以上の搾取をせずにきたことで、領民はさほど騒ぎに乗じることはなかったらしい。せいぜい、投石で窓が割れたりした程度だと」

「よかった……」

イヴァンからそう教えられ、実里は安堵の息を吐いた。

「領民の方が侯爵様のご家族を襲ったりされないなら少しは安心ですね」

「ああ、今のところは。だが、今後どうなるかは分からない。新政府がどういう方針で政治を行うか分からないし、その新政府も安定しているとは言い難いようだからな」

詳しいことは分からずとも、イヴァンの声や表情から事態は依然として深刻なままだというこだけは分かった。


そして、相変わらずイヴァンに対してなんの力にもなれない自分。

自分にできることと言えば、イヴァンの負担にならないようにしていることだけだ。

「実里……私は、一度ロシアに戻ろうと思う」

イヴァンはしばらくの沈黙の後、唐突にそう言った。

「侯爵様……？」

「仮初めにでも安定している間に、家族を亡命させようと思う。このまま祖国に家族を置いておくことはできない」

「確かにそうかもしれませんが……でも、そうなったら侯爵様だって危険なのではないのですか？」

眉を寄せ、実里はイヴァンを見た。イヴァンは難しい顔に少し笑みを浮かべながら実里の頰を優しく撫でる。

「ああ……かなり危険になると思う。だが、このままでは家族を見捨てることになってしまうかもしれない。自分だけがここで幸せになんて、なれると思うか？」

「でも……」

言いかけて、実里は続きを言葉にすることをためらった。

すでにイヴァンは家族を迎えに、ロシアに戻ることを決めていると感じたからだ。

「……侯爵様、僕も連れていって下さい」

実里の言葉に、イヴァンは険しい顔をした。

「実里、何を言い出すんだ」

「僕は、ずっと侯爵様と一緒にいるってそう約束しました。どんな時も一緒にいるって。だから……」

思い詰めた目で言う実里を、イヴァンは真っすぐに見つめ、それからゆっくりと頭を横に振る。

「それはできない」

「侯爵様…っ」

「約束をした時とは状況が違う。どれほどの危険があるか分からないのに、実里を連れていくことはできない」

「危険なところに、侯爵様お一人でなんて……っ」

実里は目から涙を溢れさせた。

「お願い、侯爵様……。本当は行かないでって言いたいんです。でも……それは言えないから、だから……」

後から後から嗚咽が込み上げて言葉にならなくて、そう言うのがやっとだ。

そんな実里の肩をそっと抱き、イヴァンは静かな声で言った。

「必ず帰ってくると約束する。だから、待っていてくれ」

その言葉にも、実里は頭を横に振る。

だが、分かっていた。

イヴァンを止めることも、ついていくこともできないと。

ただ、イヴァンと離れたくなくて、だだをこねて困らせることしかできなくて、実里はずっと泣いていた。


二週間後、イヴァンは日本を後にした。

直接ロシアには向かわず、まず船で協力者のいるドイツへと向かい、そこからフィンランドを経由してロシアに入るのだという。

イヴァンは船が寄港するごとに実里へと手紙をくれた。

手紙には船の中の他愛のない出来事と、実里への変わらない思いが綴られていた。

送られてくる手紙を何度も読み返しながら、実里は写真の中のイヴァンを見つめる。

「侯爵様、無事に早く帰ってきて下さいね……」

毎日祈るような気持ちで、写真に話しかけた。

だが、イヴァンからの手紙は、イヴァンがドイツに到着し、これから家族を迎えにロシアに向かう、という夏の終わりに届いたものを最後に途絶えた。

心配している実里に、政情が不安だから郵便事情が悪いんだろう、と柳沢は説明してくれ、実里も納得しようとしたその矢先——ロシアで再び革命が起きたと、新聞が報じた。

そして、ロシアに向かったイヴァンの消息が途中で摑めなくなったと、柳沢と大滝が話しているのを実里が耳にするのは、その三日後のことだった。

6

どこか近くに鶯《うぐいす》がいるのか、実里の耳にその声が聞こえてきた。

イヴァンから連絡が途絶えたまま秋は行き、冬も過ぎて、季節は春になろうとしている。

実里は、イヴァンが暮らしていた柳沢の離れに来ていた。

帰ってこないイヴァンを待ち続けている実里を、柳沢は何かと気遣って、好きな時に出入りしていいと言ってくれ、それに甘えて時々こうして来ていた。

部屋の中は、イヴァンがいた時と同じままだ。

カーテンの色も、花瓶の位置も、すべてが同じままで時を止めてイヴァンの帰りを待っている。

その部屋で過ごしていると、実里は自分もこの部屋の中で、無機物たちと同じようにイヴァンの帰りを時を止めて待ちたいと、できるはずもないことを願ってしまう。

実里は書棚の前に立ち、一冊の本を手に取った。

『アンナ・カレーニナ』

イヴァンにずっと読んでもらっていた本だ。

実里は本の表紙を開き、ゆっくりとページを繰る。

イヴァンにロシア語を習って、少しだけなら話せるようにはなったけれど、読み書きができるわけではないから、何が書いてあるのか実里には分からなかった。

ただ、イヴァンの手の温もりが残っているような気がして――。

その時、不意に戸口の方で人の足音が聞こえた。

「侯爵様……？」

もしかしたら、と駆け寄った実里の前で離れの扉が開き、姿を見せたのは柳沢だった。

「男爵」

「来てると聞いてね。……どうかしたのか？　妙な顔をして」

その柳沢の言葉に、実里は頭を横に振る。

「いえ、侯爵様がお戻りになったのかと思って……。そんなはずないのに」

自嘲めいた口調で呟くように言った実里にかけるべき言葉を、柳沢はすぐに見つけることはできなかった。

イヴァンからの連絡が途絶えて半年になる。

柳沢もあらゆるツテを使ってイヴァンの消息を追っているのだが、まだ何も伝わってはこなかった。

消息が分からないことと、伝え聞くロシアの政情を併せて考えれば、最悪の事態が起きていても不思議ではない。

だが、そんなことを実里には言えるわけもなかった。

そして、実里もイヴァンに関してを聞いてくることはなかった。

いい情報がないと分かっているからだろう。

「実里、その本は？」

かける言葉を探していた柳沢は、実里が手にしていた本に目を留めた。

「『アンナ・カレーニナ』だな。その本が読めるほど、イヴァンからロシア語を？」

実里は頭を横に振った。

「僕は、まだ読めません。侯爵様にずっと読んでいただいていたんです」

「ああ、そうだったのか。最後まで読んでもらったのか？」

「はい。アンナがウロンスキィとともに旅立って……」

実里が言うのに、柳沢は頷く。

「そう、ウロンスキィとの新しい生活を夢見て旅立ちながら、すれ違いが続く中でアンナは最後に死を選ぶ……。なんとも悲劇的な恋の果てだったな」

その柳沢の言葉に実里は目を見開いた。

「アンナが、自殺を……？」

実里のその様子の不可解さに、柳沢は眉を寄せる。

「最後まで、読んでもらったんだろう？」

「侯爵様は、アンナとウロンスキィは旅立って、幸せに過ごしたと……」

柳沢はまずいことを言った、とでもいう様子で口元を軽く押さえた。

「男爵、本当はアンナは自殺をしてしまうんですね？」

あの時のイヴァンはおかしかった。

まだページは随分と残っていたのに、後は短編が載っていると言って。

それに、レービンとキチイの話はまだ途中だったはずだ。

「男爵、教えて下さい。本当の物語の終わりを」

ごまかすことを許さない様子の実里に、柳沢はため息をついた。

「アンナとウロンスキィは、二人で別の土地で過ごすんだ。だが、不倫の果ての逃避行は世間からは冷たい目で見られて……」

特に夫と子供を捨てたアンナを見る世間の目は厳しかった。そんな世間の目から隠すようにアンナを家に閉じ込めておきながら、ウロンスキィは友人と出掛けてしまう。

周囲から理解を得られないことや、置いてきた子供への思いなどで精神的に追い詰められていくアンナは、ウロンスキィの愛が自分ではない別の誰かに向けられているのではないかと疑い——そして、ウロンスキィの心を永遠に自分に留めさせるために、走りくる列車に身を投じ、生涯を終える。

それが、アンナのたどった本当の生涯だった。

「話はそこで終わりではなくて、レービンとキチイの話が続くが、アンナとウロンスキィに関して言えば、それが最後だ」

「そうなんですか……」

知らされた本当のアンナの最期に、実里は呆然とした様子で呟いた。

「……イヴァンは恐らく、悲劇的な最後だから実里には本当のことは教えたくなかったんだろうな。私でも、そうしたかもしれない」

柳沢の言葉に、実里はふっと笑う。

「そうですね、侯爵様は優しい方ですから、きっと……」

その笑みが作り物めいていたことに柳沢は気づかず、実里が笑みを浮かべたことに安堵した。

「イヴァンが戻ったら、嘘つき、と言ってやりなさい」

「ええ、お戻りになったら」

実里が笑んで言った時、外から柳沢を探す文子の声が聞こえ、柳沢は離れを後にした。

一人になった離れで、実里はその場に崩れ落ちるように座り込んだ。

イヴァンが、教えようとしなかった物語の真実。

なぜ事実をねじ曲げたのか、なんとなく分かる気がした。

日本でも最近はそうだが、西洋では男同士の恋愛というのは神の教えに背く大罪として、決して許されないことだ。

もしイヴァンについて、ロシアへ――いや、ロシアでなくても他の国へ行った時、実里は世間の好奇の目に晒されて、アンナのようになってしまうかもしれない、とイヴァンは思ったのだろう。

だから、不安になるようなことは教えず、事実をねじ曲げた。

事実をねじ曲げなくては、守ることができない関係なのだ。

うまくいくはずがない。

イヴァンが今どうしているのか分からないけれど、イヴァンが戻ってきても――自分たちの行く先は決して明るくはないだろう。

――もしかしたらっていうことも、覚悟しておいたほうがいいと思う――

桔梗の言葉が蘇る。

桔梗に言われて覚悟はしていたし、理解もしていたはずなのに、涙が溢れた。
「侯爵様……」
大好きな人。
もう二度と会えないかもしれない人。
会えても――。
実里は溢れる涙を拭うと、首にかけていたネックレスを外した。
それはイヴァンと過ごした初めての夜にもらった指輪が通された、あのネックレスだ。
外したそれを実里は机の上に『アンナ・カレーニナ』とともに置く。
「――さよなら、侯爵様」
思いを断ち切るように呟いて、実里は離れを後にした。
そして、その日を最後に、実里は柳沢の屋敷へは行かなかった。

◇◆◇

「実里、帳簿の整理はまだかかりそうか？」

部屋で帳簿整理をしていた実里に、様子を見にきた大滝はそう問いかけた。

「そうですね……後まだ結構残っていますから…」

「そうか……。なら、それは後回しにして、先に桔梗と一緒に買い物に行ってくれ」

「分かりました」

実里は筆を置き、出掛ける支度を始める。

「買ってくるものは、桔梗に書き付けを渡してあるから」

大滝はそう言うと忙しそうに出ていった。

月影楼では今まで通りの忙しい日々が続いていた。

実里は大滝に経営について教えてもらいながら勉強をし、今では少しずつだが実務も執っている。

大滝も、実里を跡継ぎに考えてると周囲に言っているらしく、以前のように実里が男娼として見られるような向きもなくなっていた。

そして、もう一つ変わったことと言えば、桔梗が年季を終えて男娼をやめたことだろう。

その桔梗はまだ行く先が決まらず、今は月影楼に、男娼としてではなく、下働きの仕事を手伝いながら居候をしている。

「桔梗さん、お待たせしました」

用意を整え店の玄関に向かうと、そこには普通の男物の着物を纏った桔梗が待っていた。

「じゃあ、行こうか」

桔梗に促され、外に出る。

すっかり暖かくなり、桜の花も満開といっていいほど、広げた枝に薄紅の花をつけていた。

「桔梗さん、大滝さんは何を買ってくるようにって？」

「えーっと、まずは島田商会へ行って、頼んである舶来の葡萄酒と杯」

「最近、大滝さんは葡萄酒……あっ」

実里は不意に体に起きた衝撃に声を上げる。

路地から走ってきた子供が実里に当たり、勢いで転んだ。

「大丈夫？」

実里は慌てて膝を折り、転んだ子供を抱えて起こす。

「うん、だいじょうぶ……でも…」

怪我をした様子はなかったが、子供は少し悲しそうな顔で地面に視線を落とした。

見てみると、子供の視線の先には棒付きのべっこう飴が落ちていた。転んだ拍子に落としたらしい。

それを見た途端、実里の中で息苦しいほどの思いが込み上げてきた。

「ああ、落としちゃったんだね。これで新しいのをお買い」

桔梗は自分の懐の財布から小銭を取り出して子供の手の上に載せる。

「ありがとう……」

泣きべそになりかけていた子供は戸惑いがちにお礼を言って、また駆け出す。

「ちゃんと前を見ないと、また転ぶよ」

子供に桔梗が言うのを聞きながら、実里はべっこう飴を拾い上げた。

明るい――イヴァンの瞳と同じ色の、飴。

十二階でたくさん買ってもらって、でも、もう全部なくなってしまった。

そして、イヴァンも今はいない。

そう思うと、急に涙が溢れてきた。

「――っ……、ぅ……、……っ…」

「実里……」

泣き崩れて立ち上がれない実里の傍らに桔梗は膝をつき、そっと実里の肩を抱く。

「……毎晩遅くまで一生懸命仕事をしてるのは、侯爵のことを考えたくないからなんだろう?」

その言葉に、実里は堪え切れずに嗚咽を漏らした。

柳沢の家に行かなくなってから、実里はそれまで以上に経営について熱心になった。大滝に教えてもらう以外のことでも、自分でいろんな本を読んで、それで夜明かしをすることも少なくない。

それはすべて、イヴァンのことを考えたくなかったからだ。

忘れたくても忘れられないから、忘れられないなら考えないようにするしかなかった。夢を見ることさえできないように、疲れ果てるまで何かをしていることでしか自分を保てなくて——。

「大滝さんが、心配してた。……表面上、落ち着いているように見えるけど、実里が立っているのは、いつ割れるか分からない薄い氷の上みたいだって」

そして、その氷は脆く砕けた。

「——もう……侯爵…さま……いらっしゃらない、のに……」

生きているかどうかも分からなくて、もしあのまま別れずにいたとしても、幸せが続いたとも思えないのに、それでも今も愛しくて仕方がない。

イヴァンと一緒にいたのは、たった半年ほどのことだ。

その半年は、あまりにも美しい夢のようで――そして夢は儚く散った。

「会いたい……、侯爵様に、会いたい……」

叶わぬ思いを口にすれば、悲しさと空しさが溢れる。

どうしようもない思いを抱えて、実里はただ泣き崩れるしかできなかった。

ずっと蓋をしていた悲しみは溢れ出すと止まらなくて、実里は一週間近く、部屋から出ることさえできない有り様だった。

だが、自分の涙で溺れるほど泣いても、朝になれば陽が昇り、夜には月が輝く。

日々はその繰り返しなのだという当たり前のことを受け止め、また立ち上がれるようになったのは、泣き続ける実里のそばにずっと大滝と桔梗がいて、支えてくれたからだ。

二人に、実里はイヴァンの話をした。

イヴァンから聞いた外国の不思議な話や、出掛けた時のことなど、すべてをだ。

イヴァンを忘れることはできない。

それなら、思い出にして終わらせるしかなかった。

もちろん、すべてを思い出にすることなどできはしないし、思い出にするにはまだ時が近すぎたが、それでもそうしなければ自分の気持ちと向き合うことさえできなかったのだ。

「実里、夕餉の支度ができたよ」

部屋に呼びにきた桔梗の声に、実里は仕事の手を止めた。

「ありがとうございます」

そう言って桔梗と一緒に別棟で食事をする。

男娼をやめてから、桔梗はこの別棟に部屋を借りていて、食事も一緒だ。

大滝も一緒に三人で食事をすることも多いのだが、今日は忙しくて大滝は店に行ったまま帰ってきていない。

「それにしても、相変わらず繁盛してるね、店は」

時折、聞こえてくる客と男娼たちの笑い声に桔梗が言った。

「桔梗さんがやめて、一時期、客足が減りましたけどね。最近、軍人さんの慰労のためにって宴席を設けて下さる方も多いから、大滝さんもほっとしてらっしゃいますよ」

「大滝さんには申し訳ないけど、私がいてもいなくても影響しないっていうよりは嬉しい話だね」

そう言って桔梗が笑った時、話題になっていることを聞き付けたわけではないだろうが、大滝が戻ってきた。そして、実里の顔を見るなりこう言った。

「実里、飯食ってるとこ悪いが、座敷で客の相手を頼まれてくれないか」

「お客様の相手？」

「ああ。どうにも人が足りねぇ。場つなぎ程度に酌するだけでいいんだ。桔梗を座敷に戻すわけにはいかないからな」

大滝の言葉に、実里は頷いた。

「そうですね。桔梗さんがまた店に戻ったと勘違いして、無茶をなさる方がいらっしゃるかもしれませんからね。分かりました、すぐに行きます」

そう言って、ご飯をかき込む。

「悪いな。曙の間だ。酒と料理はもう運んである」

「ごめんね、実里」

大滝と桔梗がそれぞれにあやまるのに、咀嚼しながら目で、いいですよ、と返事をして実里は店へと向かった。

お運びの仕事をやめて以来、実里が店で客の相手をすることはなく、その実里に頼むほどだから店はよほど忙しいのだろう。

そう思って座敷へと向かうと、案の定お運びの少年たちはばたばたとしていた。

予約で大きな宴席が三つも入っていたから、酒がなくなるのも早いようだ。

その様子を見ながら、実里は言われた部屋へと真っすぐに向かう。

曙の間は宴席に使っている座敷と少し離れているからか静かだった。

「失礼致します」

廊下に一度座し、そう声をかけて襖を開ける。

「店の者の手が足りず申し訳ありませんが、しばらくの間、私がお相手をさせていただきます」

頭を下げ、そう言って顔を上げた実里は、部屋の中に立っていた人物に息を呑んだ。

窓から外を見つめていて、顔は見えないが、髪は日本人ではあり得ない小麦色で、背もかなり高い。

何よりその後ろ姿は、実里がよく知っている人物のものとそっくりだった。

「……侯爵……さま……」

呟いた声に、客が振り返る。

客のべっこう色の瞳が真っすぐに実里を捕らえ——そして声が聞こえた。

「実里、やっと戻ってきたよ」

イヴァンだった。

ずっと会いたいと願い、けれど叶わぬ思いだとすべてを思い出にしてしまおうと思った愛しい人が、そこにいた。

「侯爵様……、侯爵様っ」

実里は立ち上がり、イヴァンに駆け寄った。そしてそのまま抱き着く。

「侯爵様……、侯爵様、侯爵様！」

もう、それ以外言葉にはならず、その言葉さえ涙にかき消された。


「簡単に進むはずはないと覚悟はしていたんだが、とにかく予定という予定がすべて狂ってしまって、まず私がロシアに入ることさえ困難だった。身分を偽ってようやくロシアの家族と会えたのはいいが、今度は家族を説得するのが大変だった。弟と妹たちは説得できたが、母と祖母は頑なでね。それに家族分の国境通過用の旅券を準備するのにも酷く手間取って……」

イヴァンは傍らに腰を下ろした実里を抱き寄せながら、日本を出てからのことを話した。

「二回目の革命が起きた時は、どちらに……？」

「運よく、フィンランドにもう到着していたが、後二日遅かったら、どうなっていたか分からないな」

フィンランドを経由してドイツに行き、そこで落ち着くはずが、ドイツに移動させていた財産の管理を頼んでいた人間にすべて盗まれていて、その人間もイヴァンがロシアに行っている間に行方をくらませていた。とにかく一度落ち着くため、旅行をしていた時に社交界で知り合った人物のいるフランスに行ったのだが、心労や無理がたたって祖母が倒れ——幸い命は助かったものの、回復するまでは動くことができなかったのだ。

「祖母の回復を待って、スイスに移った。スイスにもわずかだが財産を移してあったから、そこで家族は落ち着いてるよ。妹二人も、嫁がせてきたしね」

「もう、おうちの方に心配はないんですか？」

「私にできることは全部してきた。これでやっと実里に会えると思って戻ってきたら、これが置いてあって……」

イヴァンはそう言って、ポケットから、以前実里が柳沢の離れに置いてきたあの指輪を取り出した。

「あ……」

「実里、どうしてこれを？」

責める風ではない声だったが、問われて実里は俯いた。

「……それは…侯爵様からなんの連絡もなくて、生きていらっしゃるかどうかも分からなくて。無事でいらっしゃるなら、どうして連絡を下さらなかったんですか？」

「連絡は、何度も取ろうと思ったんだ。だが、ロシアを出る際のゴタゴタで、柳沢やここの住所を記したメモをなくしてしまって……。ドイツで落ち着いていたなら柳沢の知人に連絡を取ることもできたんだが……」

「そうだったんですか……」

説明を聞いて、実里は小さな声で返す。

「指輪を置いていったのは、それだけが理由？　それとも、私がいない間に、別に好きな人ができたのか？」

続けられたイヴァンの言葉に、実里は顔を上げてイヴァンを見た。

「好きな人なんて、いません……。ただ、アンナが……」

「アンナ？　それは誰？」

実里が出した名前に聞き覚えがなくて、イヴァンは眉を寄せる。

好きな人はいないというが、それならなぜアンナという女性の名前が出てくるのか分からなかった。

「あの人です、小説の……」

「アンナ・カレーニナか？」

それに頷いた実里は、少し恨みがましい目でイヴァンを見る。

「侯爵様、お話の最後を嘘ついていらっしゃったから……」

「……読んだのか？」

「柳沢男爵に教えていただきました。本当は、二人で幸せにはならなかったって。見知らぬ土地でアンナはウロンスキィの気持ちを信じられなくなって、不安で追い詰められて最後は死んでしまうって……」

「実里、それは……」

説明しようとしたイヴァンの言葉を遮って、実里は続けた。

「二人のことが、自分のことに重なって……。侯爵様も、そう思っていらっしゃったんでしょう？　僕と侯爵様とでは身分も違うし、何よりも男同士で……ずっとうまくいくはずなんかないって分かっていらっしゃったから、最後をねじ曲げて僕に……」

実里の言葉に、イヴァンはため息をつく。そして、ゆっくりと口を開いた。

「あの二人のことが自分たちと重なってしまったのは事実だ。許されるなら神の御前で愛を誓い合い、生涯ともにいたいと、私はずっと思っていた。だから、たとえ作り話とはいえ、自分たちの境遇と重なってしまうような二人が、悲劇的な最後を迎えるなんて、言いたくはなかった。実里が、私と一緒にいることをためらうんじゃないかと思ったんだ」

「そんなこと、思ったりしません……っ。僕は、侯爵様が……うまくいかないって、そう思いながら僕と会ってらっしゃったんだって思ったから、だから……」

実里の目から乾いていた涙がまた溢れる。

「実里、泣かないでくれ。私が悪かった……」

イヴァンはあやまりながら、実里を強く抱きしめた。

「侯爵様……好きです。ずっと、会いたくて、会いたくて……」

「私もだ。ずっと会いたくて、実里に会うことだけを考えて帰ってきた」

実里には言えないが、ロシアでは幾度も命の危険が迫った。これまでかと何度も思ったが、そのたびに実里にもう一度会うまでは死ねないと思って自分を奮い立たせてきた。

だから、今日の夕刻にやっと柳沢の屋敷に戻り――置かれていた指輪を見た時には、体中の血が凍りついたような気がした。

柳沢は実里が指輪を置いていったことについて何も知らず、休む間もなく実里に会いにここに来たのだ。

だが、大滝に阻まれ会わせてはもらえなかった。

今さらどの面《つら》を下げて帰ってきたのかと詰られ、自分がいなくなった後の実里がどれほど悲しんだかを教えられた。

『実里はやっと様子が落ち着いたところなんだよ。いつまたどこへ行くか分からないおまえに会わせたくないんだ』

怒りというよりは悲哀を滲ませた顔をした大滝が、押し殺した声で言った。

絶対に会わせない、と固く決めていた大滝の心を動かすことができたのは、イヴァンがすでにある決意を固めて戻ってきていたからだ。

「これからは、ずっと実里と一緒に日本にいる」

「……侯爵様……?」

信じられない、といった顔で実里はイヴァンを見た。

「外国の、ご家族のところには戻らなくてもいいんですか?」

住む国が変わっても、いつかイヴァンは家族の元へ戻る。実里はそう思っていた。

「日本に愛している少年がいるから、彼と暮らすと家族には言ってきた。母と祖母は酷く怒って勘当だと言ってくれたから、爵位を弟に譲って……もう侯爵でもなんでもない、ただの、いや、帰る国さえないイヴァン・サルトゥイコフだ」

「侯爵様……」

「だから、実里、私の家族になってくれないか?」

イヴァンの言葉に、実里の顔が泣き出しそうなほど歪む。

「ごめん、なさい……侯爵様」

「実里……?」

あやまる実里に、イヴァンの胸を嫌な予感が駆け抜けた。

遅かったのだろうか。

すべては手遅れだったのだろうか。

そう思った時、実里は込み上げる嗚咽を噛み殺しながら言った。

「僕の…せいで……侯爵様……独りぼっち……っ…させてしまって……」

「実里、君のせいでは……」

実里のせいではない、と言いかけてイヴァンは言葉を切り、そして言い直す。

「そうだな、君のせいだ。だから、責任を取って『はい』と言いなさい」

優しい笑みを浮かべて言ったイヴァンに、実里は頷いた。

「……はい。僕は、侯爵様の家族になります。ずっと、そばにいます……」

もう、離れたくない、とでも言うように強く縋り付いてくる実里に、イヴァンはようやく帰ってくることができたのだと、実感していた。

下肢で湧き起こるヌチュクチュと濡れた淫らな音が、実里の耳を犯す。

うつぶせになり、腰を高く上げた状態で実里は体の中をイヴァンの指で弄られていた。

ずっと離れていた二人が、互いのぬくもりを感じた途端、もっと近くで触れ合いたいと思うのはごく自然なことで、酔客のために床の準備がなされた隣の間へと移ったのは、当然の成り行きだった。

優しい愛撫や囁きも欲しかったが、それ以上に少しでも早く一つになりたくて、実里は床の枕元に置いてあった、男娼たちが潤滑剤として使う香油をイヴァンに使ってくれるように頼んだ。

店でイヴァンに抱かれたのは最初だけで、その後は一度もない。大滝の目の届く範囲内ではという禁忌めいた気持ちがあって、店ではしたくないと実里は思っていたし、イヴァンも実里のその気持ちを尊重してくれていた。

そして何より、当の大滝が――実際に言葉にされたことはないが――店でするなと思っていることが分かっていたからだ。理由は、どの座敷の床にも使うかどうかは別として、香油の瓶が準備されているはずなのに、イヴァンの座敷にだけはその準備をさせていなかった。

だが、今夜は違った。

恐らく、大滝はすべてを分かっていたのだろう。

イヴァンのことを実里がまだ愛しているということも、そして久しぶりに会った恋人同士が何を望むのかも理解し、許してくれたのだろうと思う。

「ん――っ、あ、ああ、あっ」

香油の滑りを借りて体の中に埋められた三本の指が、実里の弱い場所を予測のつかない動きで責め立てる。熱を孕んだ実里自身からはトロトロと蜜が溢れて、敷布の上に染みを作っていた。

「もう……っ…だめ、侯…爵…さ……、あ、ああっ」

イヴァンを受け入れるにはもう充分なはずなのに、イヴァンは実里の痴態を楽しむように中の指を蠢かす。

「何がだめなんだ？　こんなに気持ちよくなっているだろう？」

「や……っ！　…っわらないで……」

実里に背中から覆いかぶさるようにしたイヴァンは、細い項にくちづけを繰り返しながら、蜜を滴らせる実里自身を撫でた。

すぐにでも弾けそうになっていた実里は、些細な愛撫にも大きく体を震わせる。

「我慢しないで、出しなさい」

だが、その言葉に実里は頭を横に振った。

「達く……なら…、侯爵様ので……」

耳の後ろまで真っ赤にしながら震える声で告げる実里に、イヴァンはたまらない気持ちになった。

「実里……、どうしてそんなに私を喜ばせるのが上手なんだ」

何かを堪えるような響きの声でそう言いながら、イヴァンは実里の中から指を引き抜く。

そして、再び香油の瓶を取り、中味を手に出した。

それで自身を濡らすと、揺れる実里の腰をしっかりと両手で押さえながら、貫くものを待ち侘びるようにひくついている蕾へとゆっくりと押し入る。

「ぁ……、あ、あっ」

実里の中へとイヴァンが入り込んでくる。しかし、その感覚は今までのものとまったく違っていた。

どれほど慣らされても、最初はいつも少しひっかかるような感じがあるのに、今日は最初から香油のおかげで、何度も体の中に精を放たれた後のように滑るのだ。

どれだけきつく締め付けても、中を穿つイヴァンを止めることはできず、それどころか滑りを借りたイヴァンの動きは最初から強く激しいものになった。

「や……ぅ、あ、あ、あ――っ」

イヴァンを受け入れてから、と達するのを堪えていた実里がその激しい侵略に耐えられるはずがなく、張り出した熱塊の先端が弱い場所を抉るようにして貫いた瞬間、自身を弾けさせていた。

「ぁ――あ、あ、あっ」

敷布の上へと、断続的に蜜がほとばしる。だが、その間も体を蹂躙するイヴァンの動きは止まらなかった。

「い……あ、あ、ああっ、待っ……ぁ、…うしゃく……さ…、あ、あああっ」

絶頂にビクビクと震える肉襞をかき回すようにされ、新たな悦楽が体中を駆け巡り、絶頂感が連綿と続いてしまう。

壮絶な絶頂に、実里の手が苦しげに敷布の上をはい回り、強すぎる悦楽から逃げるように背がしなった。

「だめ……ぁ、あ、侯爵様……侯爵様っ」

必死の声がイヴァンを呼ぶ。その必死さにイヴァンは不意に動きを止める。

「どうした、実里」

だが、あまりに唐突に止まった動きに、まるで不満だとでもいうように実里の内壁はイヴァンを締め上げ、頭は処理仕切れない悦楽に思考回路を寸断されて、すぐに返事をすることができなかった。

「ぁ…あ、あ……」

つかの間与えられた静穏に頭が落ち着くと、体の中でイヴァンに絡み付いた内壁が勝手に淫らな動きをしているのに気づく。

そのことに羞恥をさらに募らせながらも、実里はようやく唇を開いた。

「侯爵様…の、顔が……見たい、です……。ちゃんと…今僕を抱いているのが、侯爵様だと教えて下さい……」

ささやかな願いをイヴァンが聞き入れないわけがなかった。

「そうだな、私も実里の顔が見たい。実里がどんな顔で私を受け入れ、欲しがってくれているのか……」

イヴァンは甘い声で囁き、絡み付く肉襞を引きはがすようにして自身を引き抜く。イヴァンと繋がっていることで体勢を保っていた実里は、支えを失ってその場に崩れ落ちた。

その実里の体をイヴァンは仰向かせ、足を大きく開かせる。そして、再び実里の中へと自身を埋め込んでいった。

「侯爵様……」

泣き出しそうな声でイヴァンを呼びながら、実里は両腕をイヴァンの背に回し、まるで離れることを怖がるように縋り付いた。

「実里、そのまましがみ付いていなさい」

イヴァンは自分も実里の背に手を回し、繋がったままで体を起こす。

「あ……あ、あ」

あぐらをかいたイヴァンの上に座るような形になった実里は、己の体重で信じられないくらい奥深くまでイヴァンを銜え込むことになり、引きつったような声を上げた。

「大丈夫か？」

問うイヴァンの肩口に額を押し当て、実里は小さく頷く。それがせいいっぱいだった。

それなのに、イヴァンは実里の背を抱いていた手を腰へと回し強引に揺らした。

「ぁあっ、あ！」

ざわめく肉襞が与えられる刺激に喜悦する。

「あ……っ、あ」

「ほら、自分でも動いて」

俯く実里の耳に唇を押し当てながらイヴァンが囁いた。耳に触れる息や唇の感触だけでも体は蕩けてしまい、力が入らなくなる。

「だめ……できな…」

「大丈夫、ほら自分でこんな風に……」

摑んだ腰を軽く持ち上げられ、手を離される。

「ああっ、あ、あ」

いくらも体を持ち上げられたわけではないのに、体が沈み込んだ瞬間に体に走った悦楽に実里は甘く濡れ切った悲鳴を上げた。

一度強い悦楽を知ってしまった体は、同等のものを欲しがってしまう。

そのことを分かっていて、イヴァンはそれきり動こうとせず、焦れた実里は結果、自ら腰を動かすしかなくなった。

「ぁ…あ、あ、あ」

小さな動きでしかなかった腰が、湧き起こる悦楽に夢中になり大胆に蠢き出す。

「あぁっ、あ、あ……っ！　あ！」

「気持ちがいい？」

「いい……でも、ぁ、侯爵様……お願い、動いて……ください」

自分で紡ぐ悦楽だけでは足りなくて、実里はねだった。

ねだる実里の唇を指先でそっと触れながら、イヴァンは笑みを浮かべて言った。

「もう、侯爵じゃないって、言っただろう?」

「…でも……」

「名前で呼びなさい。イヴァン、と……」

それに実里は戸惑った顔でイヴァンを見る。だが、イヴァンは名前で呼ばなければ動くつもりはないらしく、身の内を灼く焦燥に負け実里は震える唇で、名を呼んだ。

「……イヴァン…様……」

「様はつけなくていいよ」

「……イヴァン」

言い直した実里の唇についばむようなくちづけをして、イヴァンは実里の腰を強く掴むと、大きく揺らしながら下から突き上げた。

「ん……っ…あ、あ、あ、……あぁっ」

自分が動くだけでは決して得られなかった悦楽に、実里はイヴァンの目の前で淫らに体を揺らめかせる。

「ぁあっ、あ、あ……っ、もう…だめ、いく……あ、あ」

「いいよ、出して。私も、中に出す」

淫靡な囁きと同時に、実里は自身を握り込まれ、荒っぽく扱き上げられた。

その途端、頭の中が真っ白になるような悦楽が込み上げて、実里は二度目の蜜を撒き散らした。

「ぁ――――あ、あぁ、ああああっ」

絶頂に揺れる腰をイヴァンは大きく持ち上げて、それから一気に引き下ろす。それに合わせて大きく突き上げ、実里の一番奥で溜め込んだ熱を放った。

「――――っ……あ、あ、あ」

淫らに痙攣する肉襞に叩きつけるようにぶちまけられる飛沫の感触に、実里の体が小さな絶頂に幾度も呑み込まれる。

断続的に吐き出されるイヴァンの熱を、最後の一滴まで受け止めた時、実里の体はまだ絶頂の中にあったが、すでに半分は意識が飛んでいた。

「実里……」

甘く囁く声に、ヒクン、と体が震えたが、閉じられた瞼が持ち上がることはなかった。

「実里、愛してる……」

飛びかけた意識の中で聞こえた囁きに、僕も、と返したつもりだったが、唇が少し震えただけで、実里はそのまま吸い込まれるように意識を手放した。

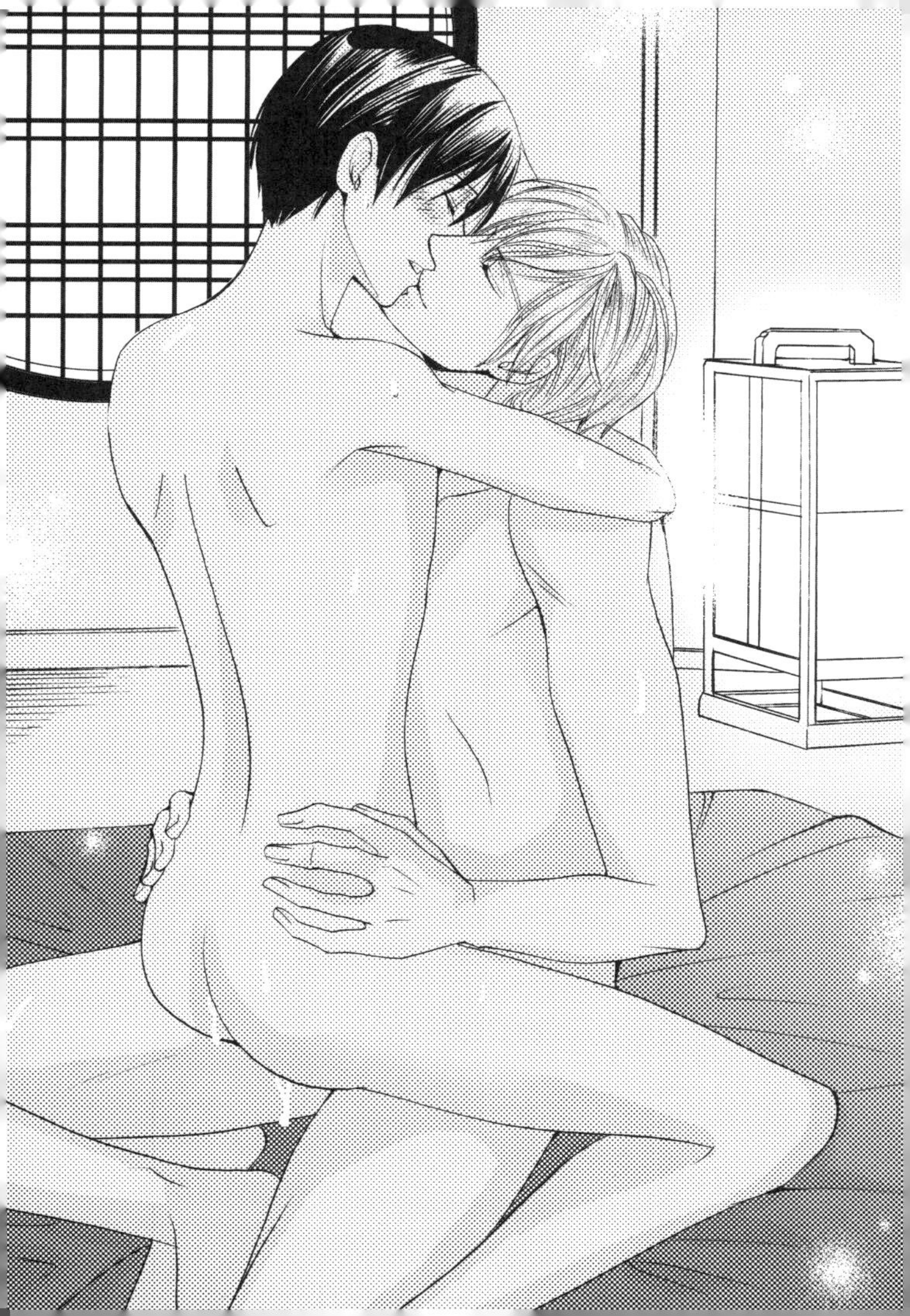

だが、それは愛しい人の腕の中で迎える、甘やかな逃避だった。

「実里、どこにいるんだ？」

「ここです」

自分を探すイヴァンの声に、縁側で庭を見つめていた実里は返事をする。そう広い家ではないから、その声だけでイヴァンは実里のいる縁側に姿を現した。

「ここにいたのか。何をしていたんだ？」

「ぼーっと、庭を見てただけです」

そう返す実里の隣に、イヴァンは腰を下ろした。

イヴァンが帰国して一月。

日本に根を下ろすことを決めたイヴァンは、いつまでも柳沢の世話になり続けることはできないから、と柳沢の離れを出た。

柳沢は、ずっと離れにいてもいいのにと言っていたのだが、イヴァンの計画を聞くと快く送り出してくれ、柳沢家の持ち物の一つである一件の家を貸してくれたのだ。

柳沢が納得したイヴァンの計画というのは、

『実里と一緒に暮らしたい』

というものだった。

もちろん、実里が嫌だと言うわけもなく、昨日、引っ越してきたのだ。

そして昨夜は新居で二人きりの夜——になる予定だったのだが、

「随分と深酒をなさったでしょう？　二日酔いは大丈夫ですか？」

「ああ、それは大丈夫だ。だが、せっかくの夜をあの二人に台なしにされてしまったな」

イヴァンは少し渋い顔になる。

昨日の引っ越しを手伝ってくれた大滝と柳沢は、引っ越し祝いだと言って酒宴を始めたのだ。イヴァンも楽しそうにそれに参加していた。実里はイヴァンを置いて、手伝いにきてくれていた桔梗と他の部屋でいろんな話をしながら細々とした片付けをし、二人で早めに寝たのだが、その時には別の部屋からはまだ三人の談笑が聞こえていた。

朝になって大滝と柳沢は桔梗に叩き起こされて帰っていったが、イヴァンは被害に遭わなかったらしくついさっきまで寝ていたのだ。

「でも、とても楽しそうでしたよ」

実里は笑って言った後、確認するように聞いた。

「今日は、侯爵様のお仕事はお休みですよね」

実里は相変わらずイヴァンを『侯爵様』と呼ぶ。随分と年上のイヴァンを名前で呼ぶのは抵抗があるらしいのだ。結局、イヴァンも実里の呼びやすいように、と無理に呼び方を変えさせるのはやめた。

「ああ、そうだ。実里は？」

「僕も大滝さんに引っ越しの片付けがあるから、今日はいいって言われたんです。だから、後で買い物に行きませんか？　いろいろ、足りないものもあるから」

イヴァンは柳沢の紹介で翻訳の仕事を始めたが、それとは別に日本の社交界筋の引きで、名家の子息・令嬢たちに語学を教える家庭教師の職も得た。

柳沢は本当は自分の仕事を手伝ってほしかったようなのだが、そこまで世話にはなれないから、とイヴァンは断ったらしい。

そして実里は、やはり月影楼で働き続けることにした。

イヴァンも実里が大滝の元を離れるとは思っていないらしく、柳沢が持っていた物件の中から――他にもっと広くて綺麗な家もあったのだが――一番月影楼に近いこの家を借りてくれていたのだ。

「そうだな、ゆっくり買い物に出掛けよう」

イヴァンはそう言って、不意に実里に顔を近づけ、触れるだけのくちづけを施す。そして、その綺麗な顔に、うっとりするほどの笑みを浮かべて、こう言ったのだ。

「私が実里を堪能した、その後で」

イヴァンの言葉に、実里は頬を赤く染め、少し非難するような目でイヴァンを見ながらも、小さな声で返した。

「……その後で」

恋人の返事に満足そうに笑いながらイヴァンはそっと実里を抱き寄せ、しばらくの間、二人で庭を見つめ続けていた。

穏やかな、日だまりの中で。

END

■あとがき■

こんにちは、プリズムさんでは「初めまして」になります松幸かほと申します。

このたびは「月影楼恋愛譚」を手に取っていただき、ありがとうございました。

大半の方が表紙の美しすぎるイラストに目を引かれて手に取られたことと思います。

もう……本当に綺麗すぎて激悶えまくりました。前田紅葉先生、本当にありがとうございます!! キャララフをファックスでいただいた時は、流れてくるファックスを見ながら一人で大騒ぎをしておりました。

ああ、まくれた着物の裾からのぞく実里の足が悩ましい……(萌)。

今回は、ロシア革命前後の日本を舞台にさせていただきました。

日本だと大正の始め頃です。明治の終わり頃から大正あたりの日本は、和と洋が不思議に融合していてとても好きな時代です。

でも、好きなだけで時代考証にあまり明るくないという悲しい事実があるのですが……。

世界史はちゃんと履修したはずなのに……あ、そう言えば成績悪かった記憶が(涙)。

カバーの折り返しコメントにも書きましたが、基本的に引きこもりな生活を送っているので、県外はおろか市外…ていうか町内？　から出ることも稀です。ていうか、家から出ることさえ……。ユニフォームがパジャマですみません……な生活ゆえに、東京のイベント等はお城の舞踏会レベルで憧れの場所だったりします。

いつか東京のイベントに……と夢見る、腐ったヲトメがここにいます（笑）。

そんな腐ったヲトメにも、友達というありがたい財産がございます。

相方の朱藤まいちゃんは、困りごとがあると一番にメールをして助けてもらっています。姉御肌の素敵な方です♡　家が近くのＯＪＯＵとＭ氏は、車の運転ができない（あ、免許は持っておりますが）私にとって、外界に連れ出してくれる大切な方々。

でも行き先がほとんどトイザ○スでごめんなさい。

人形売場で悶えてごめんなさい……。

こんな、とっても大変「人としてどうなの」な松幸ですが、お友達と、何より読んで下さる皆様に支えられて生きております（おおげさでなく）。

これからも頑張りますので、どうぞよろしくお願いします。

二〇〇八年　靴下の二重履きはまだやめられない三月半ば　松幸かほ

プリズム文庫

華やかな鎖

篁 釉以子

イラスト／かなえ杏

ロシアン・マフィアの後継者候補であるユーリとミステリアスな美貌の持ち主タオが出会った瞬間、二人の世界は大きく変わり……。

ナイショの診察室

名倉和希

イラスト／なるみゆった

昔エッチな診察ごっこをしていた隣の秀兄ちゃん。久し振りに会うとますますカッコ良くなっていて、色々な期待をしちゃったみどりは？

王子様じゃイヤ！

火崎 勇

イラスト／椎名ミドリ

小折の前に現れたのは、美形三人組！　そのうちの一人に惹かれ始めたけれども、三人の中の誰かが御曹司という噂が流れて!?

愛人警護

日向唯稀

イラスト／水名瀬雅良

曲者揃いの新部署に配属された、新米刑事の未来。エリート警部・獅子王に警視長の愛人だと勘違いされ、特別に目をかけられてしまい……？

NOW ON SALE

原稿募集

プリズム文庫では、ボーイズラブ小説の投稿を募集しております。
優秀な作品をお書きになった方には担当編集がつき、デビューのお手伝いをさせていただきます！

応募資格

性別、年齢、プロ、アマ問わず。他社でデビューした方も大歓迎です。

募集内容

商業誌に未発表のオリジナル作品であれば、内容に制限はありません。ただし、ボーイズラブ小説であることが前提です。エッチシーンのまったくない作品に関しましては、基本的に不可とさせていただきます。

枚数・書式

1ページを40字×16行として、100～120ページ程度。原稿は縦書きでお願いします。手書き原稿は不可ですが、データでの投稿は受けつけております。

投稿作には、800字程度のあらすじをつけてください。また、原稿とは別の用紙に以下の内容を明記のうえ、同封してください。

◇作品タイトル　◇総ページ数　◇ペンネーム
◇本名　◇住所　◇電話番号　◇年齢　◇職業
◇メールアドレス　◇投稿歴・受賞歴

注意事項

原稿の各ページに通し番号を入れてください。

原稿は返却いたしませんので、必要な方はコピーを取ってからのご応募をお願いします。

締め切り

締め切りは特に定めません。随時募集中です。

採用の方にのみ、原稿到着から3カ月以内に編集部よりご連絡させていただきます。

原稿送り先

【郵送の場合】〒153-0051　東京都目黒区上目黒1-18-6　NMビル3F
（株）オークラ出版「プリズム文庫」投稿係
【データ投稿の場合】prism@oakla.com

プリズム文庫をお買い上げいただきまして
ありがとうございました。
この本を読んでのご意見・ご感想を
お待ちしております！

【ファンレターのあて先】
〒153-0051　東京都目黒区上目黒1-18-6 NMビル
（株）オークラ出版　プリズム文庫編集部
『松幸かほ先生』『前田紅葉先生』係

月影楼恋愛譚

2008年06月23日　初版発行

著　者	松幸かほ
発行人	長嶋正博
発　行	株式会社オークラ出版
	〒153-0051　東京都目黒区上目黒1-18-6　NMビル
営　業	TEL：03-3792-2411　FAX：03-3793-7048
編　集	TEL：03-3793-8012　FAX：03-5722-7626
郵便振替	00170-7-581612（加入者名：オークランド）
印　刷	図書印刷株式会社

Printed in Japan　ISBN978-4-7755-1204-3